飞向太空丛书

FEIXIANG TAIKONG CONGSHU

U0575599

开启扬帆梦
太空探险科幻
小说赏析

本丛书编委会◎编
陈文龙 王 珂◎编著

世界图书出版公司
WPC
广州·北京·上海·西安

图书在版编目（CIP）数据

开普勒的梦：太空探险科幻小说赏析／《飞向太空丛书》
编委会编．—广州：广东世界图书出版公司，2009.4（2024.2 重印）
（飞向太空丛书）
ISBN 978 - 7 - 5100 - 0586 - 2

Ⅰ．开…　Ⅱ．飞…　Ⅲ．科学幻想小说－文学欣赏－世界－
青少年读物　Ⅳ．I106.4 - 49

中国版本图书馆 CIP 数据核字（2009）第 056557 号

书　　　名	开普勒的梦：太空探险科幻小说赏析
	KAIPULE DE MENG TAIKONG TANXIAN KEHUAN XIAOSHUO SHANGXI
编　　　者	《飞向太空丛书》编委会
责任编辑	柯绵丽
装帧设计	三棵树设计工作组
出版发行	世界图书出版有限公司　世界图书出版广东有限公司
地　　　址	广州市海珠区新港西路大江冲 25 号
邮　　　编	510300
电　　　话	020-84452179
网　　　址	http://www.gdst.com.cn
邮　　　箱	wpc_gdst@163.com
经　　　销	新华书店
印　　　刷	唐山富达印务有限公司
开　　　本	787mm×1092mm　1/16
印　　　张	13
字　　　数	160 千字
版　　　次	2009 年 4 月第 1 版　2024 年 2 月第 7 次印刷
国际书号	ISBN　978-7-5100-0586-2
定　　　价	49.80 元

光辉书房新知文库
"飞向太空"丛书编委会

"光辉书房新知文库"

总策划/总主编:石　恢

副总主编:王利群　方　圆

本书作者

陈文龙　青少年教育工作者、科普作家

王　珂　文学教授、北京师范大学博士

插上科学的翅膀，明天太空见

韩和平

　　一直以来，人类就梦想着更加自由地飞翔，也渴望着更加近距离地去探索太空的秘密。随着我国"神舟"系列飞船的陆续升空，以及新一轮登月竞赛在各国间的迅速展开，全球的目光再一次被吸引到辽阔的天空以及更加浩瀚的星际空间。那些关于飞翔的梦想也更深入地植根于青少年朋友的心灵之中。

　　航空航天集中体现了一个国家的科学技术、工业、经济、国防等综合实力的水平，航空航天文化渗透于经济、文化、教育旅游、娱乐和体育等各个领域。而航空航天科普更是科普教育的一个重要组成部分，广大公众特别是青少年朋友对航空航天科技知识的了解，将直接影响到航空航天事业未来的发展。早在1998年召开的全国首届航空航天科普教育研讨会上，就有学者指出："要发展我们的航空航天事业，也需要从娃娃抓起。"对广大青少年进行航空航天科普教育，是我国经济发展和现代国防建设的客观需要。

　　当站立在月球之上的美国宇航员阿姆斯特朗说："我现在迈出的是一小步，但在人类历史上却是一大步！"时，我们都知道，即使那"一小步"中，也包含了无数的知识积累、无数的理论探索、无数的发明创造、无数的试验模拟，以及无数的失败。那之中凝结了多少代人的梦想与激动，也就凝结了多少代人的智慧与汗水。在我们的国家航天员训练中心，训练时航天员因为要承受非常大的加速度，面部都会变形，眼泪也会止不住地流下来，鼻子堵塞，十分痛苦。航天员若实在承受不了，只要按一下手边的报警器，工作人员就会把训练器械停下来，但多年来，从没有一个人按过那个报警器。这不过是航天员系统中航天员训练的一个小小细节。而整个载人航天工程是规模宏大的现代化系统工程，除了航天员系统外，还包括空间运用、载人飞船、运载火箭、发射场、测控通信、着陆场等6大系统，涉及航空、船舶、兵器、机械、电子等诸多领域，参与的人员更是数以万计。从1999年到2009年，每一年都是科学攻关年；从"神一"到"神七"，每一次发射都是新的突破。正是这么多人这么多年的精诚合作，才保证载人航天工程的顺利进行。正如俄罗斯科学家齐奥尔科夫斯基所说，"地球是人类的摇篮，但是人类不会永远生活在摇篮里。"这句话不仅鼓舞了一代又一代的航天工作者，还将激励着今天和以后的年轻朋友们。采取多种形式开展航空航天科普活动，寓教育于娱乐之中，不仅仅给予青少年朋友航空航天科普知识教育，而且还能发挥理想教育、爱国主义教育、智力启发教育和手脑并用教育的作用。今天，年轻朋友们除了怀有比先辈更多的好奇与梦想之外，还应该插上科学的翅膀，拥有更为广阔的视野和更为扎实的知识储备。如果你们在探索精神和勇敢精神方面同样不输于先辈，那么我真诚地欢迎你们，欢迎你们加入英雄的航天人团队，让我们相约——明天太空见！

目　录

引言　探索天空的梦想

　　千百年来，人类对天空一直有一种既崇敬又向往的感情，希望有朝一日能够飞上天空，在其中自由翱翔，探索宇宙间那无尽的奥秘。天空，也成为人类早期想象的对象之一。

　　在西方，人们想象天上居住着管理人间万物的众神，他们拥有强大的法力，来去自如，和人类一样也有七情六欲。这在古希腊的神话传说中体现得尤为明显。

　　在中国，人们想象天上居住着类似人间君臣结构的神仙，他们统领三界（神、人、鬼），拥有各式各样的法术，共同奉一个类似人间帝王的玉皇大帝为君，并且有着森严的等级制度。

　　此外，在世界上的其他一些地区，类似的关于天空的设想还有许多。

　　天空，一直是人类渴望涉足的一个未知领域。

　　从古到今，这种渴望始终不曾停止过。

　　早在明朝时期，有一个心灵手巧的木匠叫万户，他和其他工匠吸取了当时军用火箭的技巧，设计了会飞的"飞龙"火箭。这种木质雕刻的火箭筒可以飞行 1000 米。有一天，他坐在一把安放在木制构架上的椅子上，两手各握一只大风筝，让自己的仆从们点燃构架四周绑着的 47 支火箭，随着一声巨响，"飞龙"离开地面，升上空中，但很快就箭毁人亡。1959 年，人们以他的名字命名了月球背面的一座环形山。

到了近代，随着天文学的巨大进步和观测技术的大幅提升，人们对那些距离地球较近的行星有了一个比较客观的认识。特别是随着飞机的发明，人类终于实现了飞上天空的梦想。于是，到广袤无际的太空进行探险，寻找地球之外的其他星球或者可能存在的智慧生物，成了人们想象中最激动人心的事情。

于是，大量有关太空探险的科幻作品也就应运而生。

1610 年，德国天文学家约翰尼斯·开普勒写了一部名为《梦》的小说，幻想人类登上月球后所看到的情景。由于小说讲述的是一个梦境，并且在其中还借助了精灵的力量，因此其性质是否属于科幻一直存在着争议。

一般认为，严格意义上的科幻小说诞生于 19 世纪，玛丽·雪莱在 1818 年发表的《弗兰肯斯坦》，是世界上第一部科幻小说。19 世纪末 20 世纪初，欧洲出现了两位重要的小说家——法国人儒勒·凡尔纳和英国人赫伯特·乔治·威尔斯，他们使科幻小说作为一种严肃的文学体裁广为人知并得到确立，被公认为是科幻小说的奠基人。

中国最早的科幻小说是 1904 年发表的《月球殖民地小说》，作者笔名是"荒江钓叟"。

在一个多世纪的发展中，关于太空探险方面的科幻小说不断问世，涌现出了诸如海因莱因、克拉克等一大批驰名世界的科幻作家，也产生了像《帝国双星》、《2001：太空漫游》这样一大批优秀的科幻作品。太空探险，成了许多文学作品竞相进军的一块新领地。

为了满足广大青少年朋友的阅读需要，我们从众多的太空探险小说中选择了一部分具有代表性的作品，汇编成册。这些作品都是原著中精彩部

分的节选，较为集中地体现了原著的风格、主题。如果同学们想要欣赏作品的全貌，可以根据我们在每种作品的"图书信息"栏目下提供的推荐版本去寻找原作。

由于这些作品的作者大多数是国外作家，同学们可能会比较陌生，因此在每篇选文的前面，我们都设有"作者简介"，以方便同学们了解。同时，我们还设置了"内容预览"和"品评赏析"等栏目，就作品的内容、写作背景、艺术特点、流传情况以及影响评价等方面进行了简要的分析和阐述，以帮助同学们对作品进行深入的研读。

尽管在编写过程中，我们始终坚持严谨的态度和负责的精神，然而，限于水平和时间，书中个别地方的错误和疏漏仍然在所难免。希望广大的读者朋友们能够不吝指正！

太空探险科幻小说赏析

梦

作者：约翰尼斯·开普勒。

选自《科幻之路—钻石透镜：从吉尔伽美什到威尔斯》，詹姆斯·冈恩主编。

推荐版本：北京大学出版社 2008 年 10 月版

作者简介

约翰尼斯·开普勒（Johannes Kepler，1571～1630），德国伟大的天文学家，行星运动定律的创立者。

约翰尼斯·开普勒

1571 年 12 月 27 日，开普勒出生在德国威尔德斯达特镇的一个贫民家庭，全家人靠经营一家小酒店生活。4 岁时开普勒患上了天花和猩红热，身体受到了严重的摧残，视力衰弱，一只手半残。他 12 岁入修道院学习，1587 年进入蒂宾根大学。这时候，新的不幸又降临到他身上了：父亲病故，母亲被指控有巫术罪而入狱。生活不幸并未使他中止学业，反而让他更加努力地去学习。在大学期间，他受到天文学教授麦斯特林的影响，成为哥白尼学说的拥护者，同时对神学的信仰发生了动摇。开普勒经常在大学里和同学辩论，旗帜鲜明地支持哥白尼的立场。1588 年获得学士学位，1591 年获得硕士学位。

大学毕业后，开普勒被聘请到格拉茨新教神学院担任教师。后来，由于学校被天主教会控制，开普勒离开神学院前往布拉格，与卓越的天文学家第谷一起专心从事天文观测工作。在弟谷的帮助和指导下，开普勒的天文学识有了巨大的进步。

1604 年 9 月 30 日，在蛇夫座附近出现了一颗新星，最亮时比木星还亮。开普勒对这颗新星进行了 17 个月的观测并发表了观测结果，历史上称它为"开普勒新星"（这是一颗银河系内的超新星）。1607 年，他观测了一颗大彗星，就是后来的哈雷彗星。第谷死后，开普勒接替了他的职位，被聘为皇帝鲁道夫二世的数学家。

1611 年，鲁道夫二世被其弟逼宫退位，开普勒也从此结束了御用数学家的生涯。1612 年，开普勒被聘到奥地利林茨的一所大学任教兼作绘制地图的工作。1913 年，开普勒的妻子病故，他又与一个贫家女子成婚。1618 年，三十年战争爆发，开普勒被迫离开林茨，前往意大利波伦那大学任教。即使在这样颠沛流离的环境下，开普勒依然以不舍的精神和紧张的劳动去攻克天文学上的难关。

1625 年，他写了题为《为第谷·布拉赫申辩》的著作，驳诉了乌尔苏斯对第谷的攻击，因而受到了天主教会的迫害。天主教会将开普勒的著作列为禁书。1626 年，一群天主教徒包围了开普勒的住所，扬言要处决他。后来，开普勒因为曾担任皇帝的数学家而幸免于难。1630 年 11 月，因数月未得到薪金，生活难以维持，年迈的开普勒不得不亲自到雷根斯堡索取。不幸的是，他刚刚到那里就抱病不起。1630 年 11 月 15 日，开普勒在一家客栈里悄悄地离开了世界。他死时，除一些书籍和手稿之外，身上仅剩下了 7 分尼（1 马克等于 100 分尼）。

开普勒的主要著作有《新天文学》、《宇宙谐和论》、《哥白尼天文学概要》等。

 内容预览

在一天夜里观看了星、月之后，我上床沉沉地睡了过去。沉睡中我仿佛在读着一本从集市上买来的书。

梦

我叫迪拉考托斯，一次出于好奇，我把一只口袋割开了，毁掉了母亲的一小笔收入。她一怒之下把我抵押给了一只商船的船长。第二天船驶出了港口，数天后穿越海峡来到丹麦，我将一封信交给了第谷·布拉赫。后来我留下来跟着他学到了一些天文知识，几年后我回到了祖国。

母亲得知了我这几年的情况后很欣慰，然后告诉我有 9 位主要精灵替人们做事，其中的一位她特别熟悉。在我的要求下，母亲将它找来，它给我们讲了下面的故事：

在 5 万德里上空的天穹中有一个叫做利瓦尼亚的岛屿，精灵们可以很方便地来往，最多不超过 4 小时。它们在月亮的东边开始蚀食后才出发。当阴影触到利瓦尼亚后，精灵们就像是离船上岸一样上到了那里。利瓦尼亚有两个区：一个叫萨勃伏尔伐，它总是面向地球；另一叫叫普拉伏尔伐，它永远看不见地球。分割这两个半球的球圈穿过天极，称作分割圈。整个利瓦尼亚和我们一样都经历着日夜的交替，但是那里缺乏我们一年到头所有的那些变化。把一天一夜合在一起就等于我们的一个月。

有时普拉伏尔伐人看到的火星几乎有我们看到的两倍大。在利瓦尼亚上所看到的最美景象是它的伏尔伐的景色。他们的伏尔伐要比我们的月亮大 15 倍。

天体被遮蔽的现象在利瓦尼亚上也出现，出现的时间与地球上的日食和月食时间相同，但其原因却刚好相反。整个利瓦尼亚的周长仅是我们地球周长的 1/4，到处是天然和人工的洞穴，这些凹进的地方是居民们保护自己免遭寒暑的主要依靠。

无论是地上生的还是满地跑的，其形体都大得吓人。他们生长的速度很快，寿命都很短。普拉伏尔伐人没有固定的居住地，他们成群结队，各

太空探险科幻小说赏析

人按自己的天性在全球到处漫游。他们大多数都是潜水者，都过着自由自在的生活。地上的物产通常当天出生又在当天死去。他们中的某些人白天因酷热而衰竭的呼吸以及丧失的生命在晚上就会恢复，与我们这里苍蝇的模式正好相反。萨勃伏尔伐半球主要靠不断形成的云层和雨水来减轻酷热，其覆盖面有时达到地区的一半甚或更多。

这时刮起了一阵风，我的睡眠给打断了，同时这本在法兰克福买来的书再也没有了结局，讲故事的精灵及其听众被留在了身后，我也随即醒了过来。

《梦》大约著于1610年，其后被私下传阅。开普勒的母亲曾于1620年因巫术被捕，其原因有可能就是这本书。这本小说在开普勒死后4年，即1634年才得以出版。

这是一部漫游月球的科学幻想小说。小说描绘了魔法精灵协助人类完成的一次太空之旅。虽然在进入太空的方法上借助精灵显得有点古怪离奇，但对太空中寒冷和失重的准确描写，使开普勒无可争辩地成为最先尝试科幻小说创作的科学家，成为科学家创作科幻小说的开先河者。

这部作品谈到了许多不可思议的东西，像喷气推进、零重力状态、轨道惯性、宇宙服等等。人们至今不明白，近400年前的开普勒，他是根据什么想象出这些高科技成果的。故事里，月球是5万德里上空的一个岛，只有健壮和能够吃苦的人，才被选入登月探险队，一如几百年后严格的宇航员选拔。尽管开普勒的书是纯幻想作品，但它一定有一些背景来源，比

如像毕达哥拉斯的话或古希腊神话。至于月球旅行的动力，生活在农业时代的开普勒实在想象不出，便使用了"意念力"。

开普勒的《梦》反映了他的深刻的社会批判思想，在极端严酷环境生活的月球居民，充斥着兽性，丧失了人性。

《梦》是开普勒对科幻小说发展的贡献，它像是一个迷信和科学的奇特混合体，但他提到精灵和巫术的地方基本上都是隐喻。开普勒还可能想到过，在一个精灵帮助下去月球旅行，比起运用任何其他手段，仅是稍稍不实际一些，但与有可能被认真对待的一些物质手段相比，在神学上也许更为安全。

对居住在地球上的我们这些人来说，当我们的月亮是满月并从远处房屋爬升上去时，它看上去相当于一只小桶的边；当它升至中天，其宽度几乎不及一张人脸。但对于萨勒伏尔伐人，他们在中天的伏尔伐（它所处的相对于住在那个半球中心的居民而言的一个位置）看上去要比我们眼中月亮的直径将近长 4 倍。因此若将这两个圆盘比较一下，他们的伏尔伐要比我们的月亮大 15 倍。但对于那些看到伏尔伐永远停留在地平线上的人来说，它的样子就像远处一座着了火的山。

结果，正如我们纵然无法亲眼看见天极本身，却仍根据天极的不同高度来区分地区一样，虽然伏尔伐时时可见，但由于它在各处的高度各不相同，因此对他们而言它也起着这同一种作用。

因为如我所说，伏尔伐直接高悬于他们中部分人的头顶，而在另一些地方则被看见低垂于地平线附近。对于其他地方来说它的高度则变动于天顶与地平线之间，同时它也始终不变地停留在某个区域。

但他们也有自己的天极。这些天极并不位于我们天极所在的那些恒星上，而是位于为我们标出南北黄极的其他星球的四周。这些月球居民的天极在19年的时间里横穿围绕天龙座中北黄极的小圆，在另一端则横穿围绕箭鱼座（剑鱼座）、麻雀座（飞鱼座）和大星云中南黄极的小圆。因为这些月球居民的天极距他们的伏尔伐大约有1/4圆周的距离，所以他们的区域既可根据天极又可根据伏尔伐来划定。因此他们的处境比我们的要方便多少就十分清楚了。因为他们参照静止的伏尔伐来指示地点的经度，参照伏尔伐和天极来指示纬度。而我们要指示经度，除了最普通的，勉强可以觉察到的磁偏角之外，什么参照也没有。

他们的伏尔伐固定地留在自己的位置上仿佛被钉在天上一样。位于其上空的包括太阳在内的其他天体则自东向西运行。每夜黄道带中总有一些恒星从伏尔伐背后经过而在另一边重新显现。但是同样的恒星并非每天都如此。所有距黄道6~7度距离范围内的那些恒星都——依次这样运行。完成这样一个周期需要19年，其后，首批星又重新返回。

他们的伏尔伐像我们的月亮一样出现圆缺。这两种情况的原因是相同的，都是由于太阳的到来或离去。如果你留意大自然的话，就会发现两者牵涉到的时间长短也一样。不过他们用来测定的是一种方法，而我们用的则是另一种方法。他们把一天一夜看成是他们的伏尔伐经历所有圆缺的那段时间之隔。这就是我们称为一个月的时间。由于伏尔伐又大又亮，因此事实上萨勃伏尔伐人总能看见它，哪怕当它处于新月阶段的时候也一样。对于住在极地附近并在那段时间里无法见到太阳的那些人来说情况更是如

此。他们看到，伏尔伐在中午头尾交接的时间两只钩尖朝上翘起。因为一般说来，对于中伏尔伐圈上位于伏尔伐和天极之间的居民来说，新月般的伏尔伐是中午的标记，上弦般的伏尔伐是傍晚的标记，满月般的伏尔伐是子夜的标记，而下弦般的伏尔伐则预示着阳光的再次来临。对那些看出去地平线上既有天极又有伏尔伐的居民以及那些住在赤道与分隔圈交接处的人来说，朝或夕降临于新月伏尔伐和满月伏尔伐的时候，而正午或子夜则出现于上、下弦伏尔伐的时候。这些话也可以作为对处于其间的那些居民下结论的依据。

白天他们也用这种方法，即根据他们伏尔伐的各相来区分时间。例如当太阳与伏尔伐相互越是趋近，对于中伏尔伐人来说，时间越是接近正午，对于赤道居民来说则越是接近傍晚或日落。但是到了晚上——他们的一夜通常长达我们的 14 个日夜——他们测定时间的手段要比我们方便得多。我们曾经说过，在中伏尔伐圈，满月伏尔伐是子夜的标记，但除了伏尔伐的这一系列盈亏圆缺变化，伏尔伐本身也在替他们区分时间。因为它不像我们的月球，即使它似乎一动不动地停留于空中，它也仍在原地转动并展示出各种美妙的斑纹，这些斑纹永远自东向西移动。那些相同的斑纹离去又返回，这样转 1 周被萨勃伏尔伐人看做是 1 个小时，但其时间略长于我们的一天一夜。这是测定时间唯一均匀的尺度。因如前所述，太阳与星星每天绕月球居民运行的速度是不均匀的，若将伏尔伐的这种旋转与恒星距月球的距离作一比较，那么这种不均匀就显示得十分明显了。就其上北部而言，一般说来，伏尔伐似乎分成了两半。一半比较暗，布满着几乎连绵不断的斑纹。另一半亮一些，还有 2 条亮带贯穿其间，这带子位于北部并作为这两半的分界线。在那较暗半边斑纹的形状很难描述。但在东边

— 11 —

它看上去像是一个齐肩砍下的正面人头向前靠着去吻一个身穿长裙的年青姑娘，而姑娘则向后伸着手去逗引一只蹦跳的猫。不过斑纹中较大较宽的部分向着西方延伸却没有任何明显的形状。在伏尔伐的另一半，明亮之处比斑纹散布得更广。你可称其为一只悬在绳上摆向西方的钟的轮廓。但其上、下的东西则很难说像什么。

伏尔伐除了以这样的方法替他们区分一天的时间外，它还向任何一个善于观察的人，或者任何一个不知恒星分布的人清楚地指明一年的季节。即使当太阳在巨蟹宫时，伏尔伐仍清楚地展示出它自转的北天极。因为在姑娘形象上方的亮区中部有一个小暗斑。这个暗斑自伏尔伐的最高处向东移动，然后向西下落到圆盘的另一边，从这一边它又再次转向东方朝着伏尔伐的顶端移动，于是，在那段时间里长时间都可以看见它。但当太阳位于山羊宫时，这一暗斑无处可见，因为这一个整圈连同它的天极均在伏尔伐身后消失了。在一年中的这两个季节里，那些斑纹向西作直线运动，但在介于其间的季节里，当太阳处于白羊宫或天秤宫时，那些斑纹或者向下或者向上以略微弯曲的路线向相反方向移动。这些事实向我们显示，当伏尔伐球体的中心静止不动时，这一自转的天极沿北极圈绕月球居民的天极一年环绕一次。

比较仔细的观察者还注意到伏尔伐的大小并非总是一成不变。当它处于一天中各种天体快速运行的那段时间里它的直径就要大得多，以致要超过我们月球的直径4倍。

现在关于日食及伏（尔伐）食我该说些什么？天体被遮蔽的现象在利瓦尼亚上也出现，出现的时间与地球上的日食和月食时间相同，尽管其原因却刚好相反。因为当我们看到日全食时，他们看到的则是伏（尔伐）

食；相反，当我们看到月食时，他们看到的则是日食。尽管如此，这种对应还是不完全的。因在我们未看到任何月食现象时他们却常常看不见日偏食。相反，当我们看见日偏食时他们却常常看见伏（尔伐）食。对于他们来说，伏尔伐在满月状态时才被食，正如对我们来说，月亮在满月时才被食一样。但太阳却在伏尔伐处于新月状态时才被食，就像对我们来说当月亮是新月时太阳才被食一样。因为他们的日夜如此长，所以他们常常遇到这两个天体变暗的情形。但我们之间大量的日、月食现象发生于我们的对距地，而他们的对距地因是普拉伏尔伐所以根本看不见这些现象，这些现象只能被萨勃伏尔伐人看到。

他们绝不可能看见伏尔伐的全食。但他们可以看到伏尔伐的球体被一个边缘微红、中心黑色的小斑横越而过。它从伏尔伐的东边进入，经西边离去，其移动路线与伏尔伐自然斑纹的移动路线相同，但其速度超过了伏尔伐。它的持续时间是 1/6 个利瓦尼亚小时，即我们的 4 个小时。

伏尔伐给他们造成了日食，正像月亮给我们造成日食一样。这一现象是必然发生的，因为伏尔伐的直径要比太阳的大 4 倍。当太阳自东经南跨越原地不动的伏尔伐后到西方时，它常常在伏尔伐背后通过，因此后者就将太阳的部分或整个球体遮掩起来。尽管遮掩太阳整个球体的情况时常发生，它却依然很值得注意，因为这一现象的持续时间相当于我们的几个小时，而在这同一个时间里太阳和伏尔伐的光芒均黯然消失。这是萨勃伏尔伐人看到的一种壮观。因为在其他情况下，由于伏尔伐始终显现且又大又亮，他们的黑夜并不比白天暗多少，而日食时太阳和伏尔伐这两个发光体相对于他们都熄灭了。

然而在他们那里，日食却具有一个奇怪的特征。如经常发生的那样，

— **13** —

太空探险科幻小说赏析

当太阳一从伏尔伐的球体后消失，明亮的光线就从对边发射出来，仿佛太阳扩展了，围绕着整个伏尔伐的球体。而在其他的时间里太阳却显得要比伏尔伐小上同样的程度。因此完完全全的黑暗并不总是发生，除非这些天体的中心几乎正好排成一线而介于其间的透明媒介的条件又颇为合适。另一方面，即使太阳全部隐没在伏尔伐的背后，伏尔伐的光线也不会突然熄灭以致让人根本无法看见。唯一的例外发生于日全食的过程中。但在日全食开始时，在分隔圈上的某些地方，伏尔伐依然在发光，就像火焰已被扑灭而仍在继续发光的余烬一样。当伏尔伐也停止照耀时，日全食过程的中点就到来了（因不是日全食的话，伏尔伐就不会停止照耀）。当伏尔伐恢复照耀时（在分隔圈的对边位置）太阳也即要显现了。因此在日全食过程的中点，两个发光体同时在一定程度上被熄灭。

（敖操廉 译）

太阳系历险记

图书信息

作者：儒尔·凡尔纳

推荐版本：译林出版社 2007 年 8 月版

太空探险科幻小说赏析

作者简介

儒尔·凡尔纳

儒尔·凡尔纳（Jules Verne，1828～1905），19世纪法国著名的科幻小说和冒险小说作家，被誉为"科学幻想小说之父"。

1828年2月8日，凡尔纳生于法国西部海港南特。自幼热爱海洋，向往远航探险。在劳阿尔河上的菲伊德岛生活学习到中学毕业。18岁时，遵从父嘱去巴黎攻读法律，爱上了文学和戏剧。毕业后，他一门心思投入到诗歌和戏剧的创作，为此不仅受到父亲的严厉训斥，并失去了父亲的经济资助。后来，凡尔纳与大仲马合作创作了剧本《折断的麦秆》并于1850年初次上演，这标志着凡尔纳在文学界取得了初步的成功。

1856年，凡尔纳乘火车来到北部城市亚眠，遇到一名带着两个孩子的漂亮寡妇，一见钟情并向她求婚，继而结婚。接着凡尔纳搬去亚眠，从此开始认真创作。

1863年，凡尔纳创作出《气球上的五星期》后，16家出版社无人理睐，他愤然将稿子投入火中，被妻子抢救出来，送入第17家出版社后被出版。《气球上的五星期》出版之后，凡尔纳的创作进入了一个多方面的探索时期，他试验多种写法，朝多种方向进行探索，一发不可收拾。在此期

间，他平均每年出版两本书，这些书的总标题为《奇异的旅行》，包括《地心游记》、《从地球到月球》、《环绕月球》、《海底两万里》、《神秘岛》等等，囊括了陆地、海洋和天空等题裁。

此后，凡尔纳的创作进入了平稳的发展时期，先后创作出《80 天环绕地球》、《太阳系历险记》、《两年假期》等优秀作品。

随着小说的大获成功，凡尔纳也成了一位富翁。1876 年，他购置了一艘大游艇，开始环游欧洲。他的最后一部小说是 1905 年出版的《大海的入侵》。

凡尔纳是个多产作家，一生共创作出 66 部小说、10 多部剧本和一部大卷本的《伟大的旅行家和伟大的旅行史》。他的主要成就是总名为《已知和未知世界中奇妙的漫游》的系列科幻与惊险小说。据联合国教科文组织的资料表明，凡尔纳是世界上被翻译的作品最多的十大名家之一。

代表作为三部曲《格兰特船长的儿女》、《海底两万里》、《神秘岛》。

 内容预览

19 世纪中叶，随着大地的一声巨大震动，空中出现了比北极光还要明亮的不同寻常的光辉，刹那间使得所有星星全都黯然失色。地中海顷刻之间变得空空如也，随后海水又回到海里形成汹涌澎湃的波涛。大地上出现了震耳欲聋的轰鸣，除了有一种来自地球内部的爆裂声外，还有巨大的波涛互相撞击的声响和飓风的呼啸声。

在天空、海上和地面突然出现如此巨大的变化后，故事的主人公们突然发现他们已经被带到了一颗彗星上，从此开始在太阳系漫游。在一位法

太空探险科幻小说赏析

国上尉的带领下，他们同舟共济，战胜了太空严寒等种种困难，终于在两年后趁彗星再度与地球相遇之际，胜利返回地球。

这是一本涉及天文学的小说，在本书中，凡尔纳大大超越了月球的活动区域，带着读者穿过几个大行星的轨道到达木星以外的空间。作者在书中把极端丰富的想象力同科学性结合在一起，同时又不使科学性遭到任何损害。

在这本《太阳系历险记》中，作者用大量的篇幅深入浅出地介绍了彗星、木星、土星等天体的特征和许多有趣的天文知识，歌颂了人们在科学上孜孜不倦的探索精神和临危不惧、患难与共的高尚情操，同时也鞭笞了个别人的自私行为。

凡尔纳是一个非常优秀的通俗小说作家，他有一种能够把自己的幻觉变得能够触摸的本领，其感觉是全方位的，常常从平淡的文字中传达出某种人类的热情。凡尔纳的故事生动幽默、妙语横生，能激发人们尤其是青少年热爱科学、向往探险的热情，所以一百多年来，一直受到世界各地读者的欢迎。

但是，凡尔纳小说中的人物除了少数几个外，几乎都是一模一样的。其作品中的人物都是脸谱化的简单的好人坏人，没有什么心理活动；从其作品人物性别单一化上，还可看出他对女人的偏见，并隐隐流露出深受其苦的心态。

凡尔纳被人们称赞为"科学时代的预言家"。许多科学家都曾谈及，

他们正是受到凡尔纳作品的启迪，才走上了科学之路的。

凡尔纳的作品形象夸张地反映了19世纪"机器时代"人们征服自然、改造世界的意志和幻想，并成为西方和日本现代科幻小说的先河，我国的科幻小说大多也受到他的启发和影响。

凡尔纳是我生活的导演。

——"潜水艇之父"西蒙·莱克

凡尔纳的小说启发了我的思想，使我按一定方向去幻想。

——俄国宇航之父齐奥尔斯基

现代科技只不过是将凡尔纳的预言付诸实践的过程。

——法国元帅利奥台

一个月过去了。加利亚依旧安然无恙地在自己的轨道上运行。从地球上来的那些人虽然为数不多，但却能团结一致，同舟共济。只有伊萨克这个败类，唯利是图、贪得无厌，是这个小小社会的唯一污点。

实际上，他们也只是临时聚在一起，作一次周游太阳系的旅行罢了。这次为期两年的旅行一经结束，他们这艘航船就将在地球靠岸。如果罗塞特教授的计算准确无误的话，那时，他们将离开彗星，回到地球上去。

至于这艘航船在地球靠岸时会不会遇到很大的困难或危险，现在是难以预料的，只有到时候再说了。

铁马什夫伯爵、塞尔瓦达克上尉和普罗科普二副对于能否在不久的将来返回地球的问题，现在是比较胸有成竹了，所以也不再去为储备粮食、开发古尔比岛和繁殖牲畜而浪费精力了。

他们曾经度过了多少个不眠之夜，在一起探讨万一不能回去的话，应该如何开发这小小的星球。为了能使大家生存下去，为了安全度过那漫长的严冬，他们有多少前人从未遇到过的工作要做！但现在，这一切都无须考虑了。

1月15日，彗星将达到其远日点。此后，它的速度便越来越快，开始向太阳靠近的航程了。但仍须过9～10月之后，才是冰消雪融、大地回春的时候。那时，大家可以乘上"多布里纳号"和"汉沙号"返回到古尔比岛去。加利亚的夏天是短暂的，炎热的，人们将抓紧时间来耕耘土地。种子种下去不到几个月，庄稼便将黄熟待割了。人们将在岛上过着丰富多彩的田园生活。不久严冬来临，人们又将回到"温暖之乡"去过那穴居生活。

是的，他们还会回到那温暖的山洞里去过冬的。不过，他们难道不可以到较远一点的地方去勘察一下，看可否发现易于开采的煤层？他们难道不可以在古尔比岛上建造能够抵御严寒和更加舒适的房屋吗？

当然可以。长期的穴居生活，对于人们的影响，无论在精神上，还是在身体上都是不利的，为了摆脱这种生活，他们当然会这样去做的。只有成天埋头于那些天文数字的罗塞特教授，才会安于现状，对其不良后果根本不予考虑。

况且，住在山洞里始终存在着一个潜在的危险。这便是整个山洞都靠它取暖的那座火山会不会在哪一天突然熄灭？火山内部往外喷发的岩浆总有枯竭的时候的。熔岩一旦停止喷发，塞尔瓦达克等人将如何抵御那刺骨

的严寒？当然，这个危险眼下看来还不是那么紧迫，大家希望在他们离开加利亚之前不会发生。

12月15日，加利亚距离太阳8亿6400万千米，一个月只走了4400万到4800万千米。

加利亚人，特别是罗塞特教授的眼前，如今又展现出了一块新的天地。教授在观测过木星之后，现在又开始全神贯注观察土星了。

加利亚上次距离木星只有5200万千米，而这次距离奇特的土星却有6亿9200万千米。因此，不必担心土星的引力会对加利亚产生多大影响。

罗塞特教授仍旧是终日守在望远镜旁，对这颗行星进行仔细的观测。但你若问他观测结果，他也讲不出多少名堂了。

所幸"多布里纳号"的图书室内原有几本关于天文学的通俗读物。普罗科普二副将其中有关土星的部分摘出来，给大家讲了讲。

土星这时距离加利亚7亿千米，距离太阳14亿5740万千米。因为距离太远，它从太阳得到的光和热充其量只有地球的1%。

土星的公转周期是29年167天，每小时在其91亿5000万千米长的轨道上运行3.5432万千米。土星的赤道周长为36.1520万千米，面积为400亿平方千米，体积为6700亿立方千米，比地球大735倍，但比木星要小。土星的质量仅比地球大100倍，可见其密度比水还小。土星的自转周期是10小时29分，因此环绕太阳公转一周是24630天。土星的自转轴与其轨道平面的夹角很大，每一个季节相当于地球的7年。

土星的夜空十分美丽，有8个月亮环绕其运行。在神话传说中，这些卫星各有自己的名称，分别叫米达、安塞拉德、特梯、迪奥纳、雷阿、梯棠、伊帕里翁和雅帕。米达环绕土星一周的时间是22.5小时，而雅帕却是

79 天。雅帕距离土星是 364 万千米，米达距离土星却只有 13.6 万千米，比月亮和地球的距离还要小 3 倍。虽然太阳传到这里的光线十分微弱，但因为有这 8 颗卫星的存在，土星的夜空一定是非常魅人的。

但使得土星的夜空更为美丽的，无疑还是环绕它的那条光环。土星像是镶嵌在一个闪闪发光的框架上一样。你若是站在这个距离土星表面 20660 千米的光环下，翘首中天，所能看到的只是一条很窄的光带。赫歇尔认为其宽度只有 400 千米。所以看去不过像是一束射向太空的明亮的光。但你若往南北移动若干千米，便可看到这条光带渐渐分为 3 条光环，里边的那条呈昏暗的云雾状，宽度为 12504 千米，中间那条最为明亮——比土星本身还要亮——宽度为 29552 千米，外边的那条呈浅灰色，宽度为 14712 千米。

光环围绕土星转动一周是 10 小时 32 分。光环由什么物质组成？为何能经久不衰？谁也说不出所以然来。看来这是造物主有意安排的，以启示人们各个天体的形成过程。因为这个光环原先和土星显然同属于一个星云。后来星云的大部分逐渐凝结成为土星，另一部分却依然留在空中，成为现在人们所看到的光环。由于不知什么原因，光环本身可能也已凝结。因此，光环万一破裂，就会变成无数碎块降落到土星表面，或环绕土星转动，成为新的卫星。

你若站在土星的赤道和南北纬 45 度之间的广大地区，可以看到这三条光环所显现的无比瑰丽的景色。它们时而像一条巨大的彩虹划破长空，时而在天空形成一个巨大的桥拱，拱顶被土星自身的暗影遮住因而出现一块很大的空缺。它们不时将阳光遮住。太阳准时地在其缝隙间出没，形成白天和黑夜交替的美景。此外，土星的地平线上还有 8 颗月亮在此起彼落，

她们有的是圆如银盆的满月，有的是弦月，有的则是一弯新月。因此，在土星上观赏夜空，真有置身童话世界之感。

但是，由于距离太远，加利亚人是无法看到这种美景的。地球上的天文学家利用较好的望远镜，也比他们看得清楚。所以塞尔瓦达克等人要想了解土星世界的情况，便只有依靠那几本通俗读物了。不过，这样也好，他们不必再为这个巨大的行星会不会把加利亚捕获过去而提心吊胆了。

天王星距离加利亚更为遥远。其体积虽然为地球的 82 倍，但看上去也不过是一颗六等星。只有在它非常接近地球的时候，肉眼才能看见它。至于它的 8 颗卫星，那就更难看到了。天王星的公转一周期是 84 年，和太阳的平均距离是 29 亿 1600 万千米。

至于太阳系的最后一颗行星海王星——说它是最后一颗也只是到目前为止而已，说不定将来某个时候还会有一个勒威耶再发现一颗更远的行星哩！——塞尔瓦达克等人更是别想看到了。帕米兰罗塞特通过其望远镜想必可以看到，但他没有向任何人谈及其观测结果。塞尔瓦达克等人只好再次去向书本求教。

海王星和太阳的平均距离是 45 亿 6000 万千米，公转周期是 165 年。它在 265 亿 8000 万千米长的轨道上，每小时运行 2 万千米。它的体积比地球大 105 倍。它有一颗卫星，此卫星距离它 40 万千米。

海王星可能是太阳系边缘的一颗行星，它距离太阳竟达 46 亿千米。太阳系之大由此可见一斑。然而，不管太阳系有多大，它在整个银河系中不过是沧海一粟罢了。因为在银河系中，它只是相当于一颗四等星。因此万一加利亚走出太阳系，它会到哪里去呢？它会附属于哪一颗恒星在太空运行呢？它很可能会投入离太阳最近的一颗恒星——半人马座爱法星的怀抱中去。光的速度为每秒 30 万千米，它从爱法星到太阳系需要走三年半。这个距离究竟有多大呢？要是用数字来表达，天文学家将不得不以"十亿"为单位，就是说，从爱法星到太阳系，其距离应为 3.2 万个"十亿"千米。

迄今为止，人们已经知道多少颗恒星同地球的距离呢？至多只有 8 颗。比如织女星同我们的距离是 100 万亿千米，天狼星距离我们是 2.088 万亿千米，北极星距离我们是 470.4 万亿千米，而御夫座的爱法星距离我们则是 681.6 万亿千米。

为了更好地说明这些恒星同我们的距离，我们不妨借用一些头脑敏捷的科学家们以光速为基础所作的一些比喻：

"假如一个人视力特别好，可以看得无穷远。他若站在御夫座的爱法星上遥看地球，所看到的，将是 72 年前在地球上发生的事情。如果他从比刚才这个距离远 10 倍的星球上向地球遥看，映入他眼帘的则是 720 年前在地球上发生的事情了。如果他从光需要走 1800 年才能到达的更远的星球上向地球遥看，那么他所看到的正是基督殉难的场面。如果他再走到更远的，光需要走 6000 年才能达到的地方遥看地球，他就可看到洪水时代的惨景了。宇宙是无穷的，他若再走到更远的地方，就可看到《圣经》上所说的上帝如何创造世界了。因为从整个宇宙来说，一切事物都是永恒不变的，一旦发生便永远也不会消失了。"

富有冒险精神的帕米兰罗塞特想到银河系中去漫游也许是对的，那里一定有许多无比魅人的美景令人目不暇接。要是他的彗星能在各个恒星之间进进出出，他将会因此而看到多少截然不同的星系。当加利亚在恒星间运行时，这些恒星表面上看来似乎动也不动，而实际上却是运动的，如牧

夫座的爱法星便是以每秒 48 千米的速度在移动。太阳也在以每年 2 亿 4800 万千米的速度向武仙座运动。它们的运动速度虽然这样快，但由于彼此间的距离实在太遥远，地球上的人很难看出其位置的变化。

由于各个恒星的运动速度不一，它们这种长年累月的运动，总有一天会使星座的形状出现变化。天文学家已经能够指出这些星辰在许多年后彼此间的位置变化。某些星座在 5 万年后的形状已经绘制出来。比如那时候的大熊星座看去将不再呈不规则的四边形，而是一个长长的十字形了，而猎户座也不再是五边形，而是四边形了。

但无论是加利亚人，还是地球上的人，他们是不可能亲眼目睹这些星座的变化的。帕米兰罗塞特想到银河系中去遨游，并不是为了观看这一变化。他是想利用彗星在各个恒星间运动的机会，看一看在太阳系所看不到的奇观。

因为在遥远的太空，那一组组行星并不总是受一个太阳"统治"的。"专制政体"在太空的某些地方似乎是不存在的。那里往往有两个甚至六个太阳，在相互引力的作用下，共同依附在一起。这些恒星发出的光往往各不相同，有红色、黄色、绿色、橙色和靛蓝。当这些恒星把不同颜色的光射到其行星表面时，那将是一幅多么璀璨夺目的图景。当加利亚在这些星辰间运动时，终日照耀着它的表面的，说不定是像彩虹一样的五颜六色的霞光。

但加利亚绝不可能到银河系中去环绕某个恒星或恒星团运行，也不可能到至今尚未完全弄清楚的星座中去游弋，更不可能走到连反射望远镜也无法看清的密集的星云中去，这种星云广泛地分布于太空中，天文学家已发现 5000 多个。

不！加利亚绝不会离开太阳系，绝不会抛弃地球。它在自己的轨道上走完一圈，虽然有 25.2 亿千米，但在广阔无垠的宇宙中，这不过是一次很微不足道的旅行罢了。

（惊蛰 陈祚敏 译）

月球上的第一批人

作者：赫伯特·乔治·威尔斯

推荐版本：太白文艺出版社 1999 年 10 月版

作者简介

太空探险科幻小说赏析

赫伯特·乔治·威尔斯（Herbert G. Wells，1866～1946），英国作家，软科幻鼻祖。

1866 年出生于肯特郡的布朗利（Bromley，现在的伦敦西区小镇）一个贫寒的家庭。1880 年，由于父亲的店铺倒闭，威尔斯只好辍学到温泽的一家布店做学徒。但是由于他的工作没有得到店主的满意，因

赫伯特·乔治·威尔斯

此 1 个月以后他就不得不离开，到萨墨塞特郡当了很短一段时间的小学教师，后来还在苏塞克斯郡的一个小镇上给一个药剂师当助手。1881 年 4 月，他又来到朴次茅斯的一个布店做了两年学徒。令人无法忍受的学徒生活迫使他最终离去，在苏塞克斯郡的一家文法学校得到一个助教职位。

1884 年他得到助学金（每星期一个基尼），进入了英国皇家科学院的前身堪津顿科学师范学校，学习物理学、化学、地质学、天文学和生物学。其中他的生物学老师是著名的进化论科学家托马斯·赫胥黎。1890 年他以优异的动物学成绩获得了伦敦大学帝国理工学院的理学学士学位。1891 年到 1893 年在伦敦大学函授学院教授生物学。

1903 年，威尔斯成为标榜改良主义的社会主义团体费边社社员。在第一次世界大战期间，他参与了国联活动，并前往各国访问，他的采访文章常常引起世界性的轰动。第一次世界大战后，他用了 1 年时间完成了 100

多万字的《世界史纲》，这本著作展现了他作为历史学家的一面。

威尔斯还在 1920 年和 1934 年访问过苏联，受到了列宁和斯大林的接见。他虽然不大理解苏联的社会主义制度，但是仍然做了比较真实的报道。

20 世纪 20 年代以后，威尔斯转向政论性小说创作，借科幻小说的形式，来宣传他的改革理想，但整体上被认为缺乏艺术特色。

1946 年威尔斯在伦敦去世。他晚年的作品转向了灵魂、宗教、道德等方面。

代表作有《时间机器》、《摩罗博士岛》、《隐身人》、《大战火星人》、《月球上的第一批人》等。

柏德福经商失败，只身来到了小镇利姆。这时他认识了卡沃尔先生，卡沃尔先生是一个怪人，专门研究一种可以隔断万有引力的物质。卡沃尔制造出了卡沃尔素，和柏德福乘飞船前往月球寻宝。他们来到了月球，在那里发现了生命。他们也成为月球上的第一批地球人。

不久，他们就发现了月球怪兽和月球人，并在昏迷之际被月球人抓住。他们因而进入了月球的内部，看到了庞大的机器和更多的月球人。情急之下，他们和月球人展开了搏斗。出乎意料的是月球人似乎不堪一击。打跑月球人后，他们发现手上的镣铐竟然是用金子做成的。随着夜晚的到来，他们唯一的出路就是寻找飞船。

可是，柏德福找到飞船以后却发现卡沃尔被月球人抓走了。无奈的柏

太空探险科幻小说赏析

德福只好带上金子，驾驶球体返回地球。后来，他接到了荷兰电学家朱利叶斯·温迪吉先生的信，得知卡沃尔先生从月球上发来了电报。卡沃尔在断断续续的电报中详细介绍了月球世界，一个蚂蚁般的生物所组成的一个简直令人难以置信的社会。

《月球上的第一批人》，又译作《最先登上月球的人》，创作于1901年。在这本书中，作者幻想人类靠一种"可以隔断万有引力的物质"登上了月球。在威尔斯的笔下，月球不是荒凉寂寞的，它更像是另一个地球。拥有最高智慧的"月球大王"四肢萎缩，脑袋却膨胀巨大。而"大脑袋"，也成为科幻小说中历来描绘外星人的"标准形象"。

在创作过程中，威尔斯有意地运用了当时的新科学技术，特别是现代物理学和现代生物学。同时，他又并不拘泥于这些学科，不受这些科学理论的局限。威尔斯所关注的不仅仅是科学的进步，而且还有科学进步给人们所带来的美好或不良后果。

威尔斯的科幻作品改变了凡尔纳科幻小说中的乐观主义倾向，重新拾回了英国文学中那种对前途的忧虑和不安；但由于威尔斯的个性中存在着某种仁慈的气质，因此在其悲观的作品中总是伴有希望的闪光，而且大部分作品结尾还是乐观的。

威尔斯善于把科学知识通俗化，并通过小说将其突出出来，正是这种才能使他的科幻小说深受读者欢迎。

有一段时间，是长还是短，我不知道，球体内只是一片漆黑。

"我们怎样确定方位呢？"我问，"我们往哪个方向飞呢？"

"我们正突然飞离地球，因为月亮接近下弦，我们正朝着月球某个地方飞行。我要打开一扇卷帘——"

"咔达"一声，外层的一扇窗户打开了。外面的天空黑得像球体内部一样，不过敞开的窗户的形状却被无数星星映照出来。

从地球上看星空的人，根本想象不出那层空气形成的模模糊糊、半明半暗的面纱揭去以后的星空是什么景象。

除了那没有空气、布满星团的天空，我们马上就要看到更奇妙的东西了！

"咔达"一声，小窗户消失了，它旁边的另一扇"砰"地打开了，又立刻关上，接着第三扇打开了，由于下弦月炫目的光辉，我不得不闭一会儿眼睛。

为了使月球的引力能够作用于球体，4 扇窗户都打开了。我发现我不再自由地在空间飘荡，而是双脚落在朝向月球的玻璃上。毛毯和食物盒子也慢慢地沿着玻璃向下移动，不久就停下来挡着了一部分视线。当然，对我说来，看月亮是往"下"看。

光线向上照射，这也跟地球上的经验出奇的不一样。在地球上光线是从上向下照射，或者向下斜射。但是在这儿却是从我们的脚底下照上来，要看我们的影子得抬头仰望。

太空探险科幻小说赏析

"顺便提一下，"我问，"最大的望远镜能看到月球上多么小的东西呢?"

"能够看到一座相当大的教堂，也一定能看到任何城镇或者建筑物。那儿可能有昆虫，例如蚂蚁之类的生物，或者有跟地球上完全不同的一些新品种的动物。如果我们要在那儿发现有生命的东西，最可能的就是这种昆虫。试想一下，这儿的一个白天，等于地球上的 14 个白天，那是万里无云、烈日炎炎的 14 个白昼；这儿的夜晚等于地球上的 14 个夜晚，寒冷而漫长。接着又是同样长的、在寒气凛冽的星星底下愈变愈冷的夜晚。

那是绝对零度，在地球上的冰点之下 273 摄氏度。无论那儿有什么生命，都必须彻夜冬眠，到白天再起来活动。"

"当然，无论怎样，那儿总有我的矿藏，"我说，"不管情况如何。"

就这样，有时睡觉，有时谈话，虽然没有强烈的食欲，有时也吃点东西，但是大部分时间都处于一种似醒似睡的状态。我们经历了一段既没黑夜也没有白天的时间，安安静静，轻松而急速地朝着月球降落。

对卡沃尔来说，这是一个极其紧张、吃力的时刻，而我除了瞎着急，无事可干。他一面连续不断地忽而打开忽而关上卡沃尔素窗户，一面做着计算。有很长一段时间，我们关上了所有的窗户，急速地飞越太空。

后来，他摸索着窗户开关，突然间打开了 4 扇窗户。我摇晃了一下，捂住了眼睛，从脚底射来的强烈阳光使我满身大汗，眼睛发花。接着那些窗户"砰"地一声又关上了，使我的头脑在一片黑暗中发晕。这以后，我又在一片无边的黑暗中寂静地飘浮。

卡沃尔打开电灯，向我建议，把所有行李都用毯子捆在一起，以便防止降落时碰撞。这也是一桩奇妙的事情：我们俩在球体内部无拘无束地飘

荡着，捆住包裹，拉紧绳索。一用力就会产生意想不到的动作。一会儿我被卡沃尔挤在玻璃上，一会儿无可奈何地乱踢一通。电灯光一会儿在头顶上，一会儿又在脚底下。一会儿卡沃尔的双脚在我眼前晃动，一会儿我们俩又彼此交叉。不过最后我们的物品还是安全地打成了一个又大又软的包裹，只剩下两条毛毯，我们准备用来裹住身子。

卡沃尔打开了一扇对着月球的窗户，瞧见我们正朝着一个巨大的火山口降落，它的周围有许多较小的火山口组成一个十字形。然后卡沃尔又把窗户打开对着灼热炫目的太阳。他利用太阳的引力刹车。"用毯子把你裹起来。"他叫喊道。

于是，我从脚下面把毯子拉上来裹住自己。卡沃尔把窗户都关上了，接着他又打开一扇窗户，然后再把它关上，接着又把所有的窗户全都打开。突然剧烈地震动了一下，我们不停地滚动着，碰在玻璃和我们的大行李包上。外面有一种白色的东西在飞溅，仿佛我们正从一个雪坡上滚下去……

"砰"的一声，我半截身子被埋在我们的行李包下面，好一会儿，一切都寂静无声。

我们已经掉在大火山口里，正躺在它那黑暗的坑壁阴影里。

我们坐着缓过气来，抚摸着四肢上的伤痕。我想，谁也没料到会吃这样的苦头。我忍着痛站起来。"现在，"我说，"来看看月球上的风景吧！可是——！黑得要命，卡沃尔！"

玻璃上起了露珠，我一面说一面用毯子擦。"离天亮还有半个来钟头呢，"他说，"我们必须等待。"

潮气很快地变成了一块块晶亮的叶状白霜。"你够得着电热器吗？"卡

— 33 —

沃尔说。"对了——就是那个黑按钮。要不我们快冻僵了。"

我按了电热器的黑钮。"现在,"我说,"我们怎么办?"

"等待,"他说,"我们得等到这里的气温回升,那时候玻璃就会明亮了。这里现在还是夜晚,我们必须等待白天的来临。现在你不觉得饿吗?"

有一阵子我没有回答他,只是坐在那儿发愁。我的目光勉强从模糊的玻璃上转过来瞧着他的脸。"嗯,"我说,"我饿了。我感到非常失望。我本来希望——我不知道我本来希望什么,可绝不是这样。"

我冷静下来,把裹在身上的毯子重新整理了一下,又在大包上坐下来,开始吃我在月球上的第一顿饭。不久,玻璃明亮起来,我们朝玻璃窗窥视着月球上的景色。

没有霞光,也没有悄悄上来的鱼肚白宣告白昼的开始。只有日华,黄道光,警告我们太阳就要迫近了。

我们周围所有的光线,都反射在西边的悬崖上,显出一个广阔起伏的平原,寒冷而灰暗。无数圆圆的灰色顶峰,幽灵般的圆丘,像巨浪般翻腾起伏的白雪似的物质,越过一层又一层的山顶,一直延伸到遥远的昏暗中。

接着,月球上的白天突然迅速而又令人惊奇地到来了。

阳光已经从悬崖上爬下来,向我们大踏步走来。远处的悬崖仿佛在移动,在颤抖;灰色的水蒸气从火山口的底部往上直冒,许多旋涡,气团,飘荡的灰色烟雾,越变越浓,越变越广,越变越密。最后,整个西边的平原都水汽蒙蒙的。

"那是空气,"卡沃尔说,"那一定是空气——否则不会刚一接触阳光就上升。而且以这样的速度……"

白天迅速而坚定地向我们逼近。灰色的山峰一个接一个地被光辉追上，变成了一片烟雾弥漫的强烈的白色。最后，西边除了一片汹涌的雾气，就什么也看不见了。远处的悬崖在浓雾的旋涡中忽隐忽现，形状飘忽不定，最后在一片朦胧中消失。

卡沃尔抓住我的手臂。

"看呀！日出！太阳！"

他指着东边悬岩的崖顶，太阳正在我们四周的浓雾之上朦胧地显露出来，它那轮廓呈现出奇异的略带红色的形状，朱红的火舌在翻腾跳跃，我看到的是太阳周围的火冠，这是地球上的肉眼永远看不见的，它被大气的纱幕遮盖住了。

一道灿烂的光线稳定地出现了，接着是一条细刀刃似的耀眼光辉，向我们投掷出炽热的光柱。

这光芒真刺眼！我大叫一声，什么也看不见了。

随着那白光响起了一种声音，这是我们离开地球以来第一次听到来自外界的声音，一种嘶嘶、沙沙的声音，这是白天来临时大气表层的猛烈摇曳声。随着声音和阳光的到来，球体倾斜了，我们眼花缭乱，东摇西晃。球体第二次倾斜使我一趔趄跌在大包裹上。我看了一眼玻璃外面的空气，它正在奔跑——沸腾——就像雪里面插进了一根白热的铁棒。本来是固体的空气，变成了一种黏糊，一种泥浆，一种半溶化的雪，在嘶嘶作响，沸腾着变成气体。

球体更加猛烈地转动了一下。

我又看了一眼外界的情况。半溶化的雪正在滑动、陷落、滑动。

后来，我们碰到了巨大的山崩，开始从一个斜坡上滚下去，跳过裂缝；被岩石弹来弹去。越滚越快，一直往西滚到白热、沸腾的月球上的白昼里。

我伸长脖子去看，发现球体外面有一种耀眼的强光，和我们当初看到的那种朦胧的阴暗完全不同。

"发生了什么事情啊？"我停了一忽儿问道，"我们已经跳到热带了吗？"

"我也这样想的。这种空气已经蒸发了——如果它是空气的话。月球的表面在显露出来。我们正躺在一处土岗上。到处露出光秃秃的土地。一种奇怪的土壤呵！"

他帮助我坐起来，我能够用自己的眼睛去看了。

那种刺眼的强烈色调——冷酷的漆黑与雪白的景色——全部消失了。阳光本身带上了淡淡的琥珀色，火山口岩壁上的阴影呈深紫色。东边一道浓雾仍然蜷缩着，躲避着升起的阳光，西边的天空蔚蓝而明亮。

在阳光下，到处伸展着广阔的浅褐色空地，上面覆盖裸露面凌乱的泥土。那些雪堆的边缘上，有一些暂时形成的小池塘和水洼。

斜坡上到处散布着枝条一般的东西，这些东西呈铁锈色。枝条！在一个没有生命的世界上？我发现几乎整个地面上都有一种纤维组织，就像松树荫下褐色松针铺成的地毯一样。

"卡沃尔！"我说。

"嗯。"

"这儿现在可能是个没有生命的世界，但是曾经——"

什么东西引起了我的注意。我发现在这些针状物中间有许多小小的、圆滚滚的东西，而且我好像看见其中有一个在动。

怎样来形容我所看到的东西呢？它是那么微小，很可能被当作小石子而忽略过去。现在第一个动了，另一个也动了，滚了一下裂开了，每一个小卵形物的裂缝里都露出一条黄绿色的细线，伸展出去接受旭日炽热的刺激。接着第三个又动起来了，又裂开了！

"这是一粒种子，"卡沃尔低声说道，"生命!"

"生命!"我们立刻想到这次遥远的旅行没有白费，我们并不是到了一个草木不生的矿场，而是到了一个有生命活动的世界。我们热切而专注地注视着。

每时每刻都有更多这样的种子的外壳在裂开。同时，那些先行者已经进入了生长的第二阶段，坚定、迅速、沉着地把小根插入土壤，并向空中长出了一种奇妙的幼芽。一会儿工夫，整个斜坡上都长满了这种细小的植物。

没有多久，那些幼芽膨胀了，绷紧了，猛地一下裂开了，伸出一个尖顶的花冠，展开了一轮细小的、尖尖的棕色叶子。这些叶子长得很快，甚至当我们望着它们的时候，叶尖就往上直冒。你在冷天可曾把温度表放在你温暖的手掌中，注视着那根纤细的水银柱往上爬吗？这些植物就是那样生长的。

过了几分钟，这些植物长得较快的幼芽已经长成一根茎，甚至长出了第二轮叶子。不久前仿佛还是没有生命的斜坡，现在却黑压压地长满了橄榄绿色的矮草。

我转过身来，看到沿着东边一块岩石的上缘，有一条同样的植物地带，在耀眼的阳光下形成黑压压的一片。一棵像仙人掌似的植物，像气泡一样膨胀。

在西边，我也发现了这样膨胀着的东西。这时光线照着它，因此我能看出它呈鲜艳的橘红色。如果有一会儿不看它，再转过头去看时，它就长成了高达几英尺（1 英尺等于 30.48 厘米）的珊瑚树的形状。地球上的马勃菌有时一夜之间直径能长 1 尺（1 米等于 3 尺），但比起这种生长速度来却慢多了。平原上，闪光的石岗上，一种大而尖、肉质多、长着刺芒的植物拼命生长，争分夺秒地开花、结果、再长出种子，然后死亡。

（庆学先　杨元元　译）

帝 国 双 星

作者：罗伯特·安森·海因莱因

推荐版本：福建少年儿童出版社 1995 年 10 月版

 作者简介

罗伯特·安森·海因莱因（Robert Anson Heinlein，1907～1988），被誉为"美国现代科幻小说之父"、"美国科幻空前绝后的优秀作家"、"美国科幻黄金时代四大才子之一"。第一位获得世界科幻协会授予的"科幻大师"殊荣的科幻作家。

罗伯特·安森·海因莱因

1907年7月7日生于美国密苏里州的巴特拉市，1925年进入安那波利斯海军学院学习，1929年毕业后，作为航空母舰和驱逐舰的士官被分发到美国第一艘航空母舰华盛顿号上服役。1933～1934年期间，他在USSRoper舰上服役，升至中尉，1934年因肺结核退役。其后在漫长的住院治疗期间，他发明了水床。退役后，在加州大学洛杉矶分校非正式地读了几个星期研究生的数学、物理课程，之后因为健康、政治计划等原因而终止。后来他从事了一系列的职业，包括房地产和银矿，来维持生活。二战期间，在费城海军航空试验所任工程师。

1939年，海因莱因开始科幻创作。第一篇小说《生命线》刊登在《惊奇故事》（Astounding）上。由于该杂志编辑坎贝尔的赏识，海因莱因的早期作品大多发表在《惊奇故事》上。这些早期作品大多属于他的"未来历史"系列，后来收集在《出卖月亮的人》（1950）、《地球青山》（1951）和《2100年起义》（1953）中。

从 1947 年起，他的短篇作品出现在《星期六晚邮报》及其他高价杂志上，而他的长篇则是一系列少年儿童科幻故事，如《伽利略号火箭飞船》（1947）、《太空军官候补生》（1948）等。自 20 世纪 50 年代起，海因莱因基本上转向长篇小说的创作。

1953 ～ 1954 年期间，海因莱因和妻子吉妮做了一次环球旅行。1958 年，他们成立了"帕特里克亨利联盟"。1959 年，他的《星船伞兵》被出版社编辑认为太有争议而拒绝出版，从此他开始"以我自己的风格写我自己的东西"，写出了一系列有挑战性，重新划定科幻界限的小说。

20 世纪 70 年代初，一场腹膜炎严重影响了海因莱因的健康，他养了两年多才恢复。1976 年，他第三次任世界科幻大会（密苏里堪萨斯城）的嘉宾。1977 年，他因为一根阻塞的心血管几乎中风，之后接受了最早的心脏搭桥手术。同年，他在美国国会两院特别委员会的听证会上以亲身经验作证空间技术的副产品对老年体弱者的帮助。术后，海因莱因的精力再次旺盛，从 1980 年开始他又写出了 5 部小说。1988 年 5 月 8 日因肺气肿和充血性心力衰竭在睡梦中去世。

海因莱因的作品被译成数十种语言，在世界范围内广泛流行，是最受中国、日本以及俄罗斯读者欢迎的美国科幻作家。

代表作有《傀儡主人》、《帝国双星》、《进入盛夏之门》、《星船伞兵》、《异乡异客》、《月亮是位严厉的主妇》等。

在并不遥远的未来世界里，人类已经在太阳系建立了君主立宪的联邦

帝国。以首相夸罗格为代表的执政党和以前任首相邦富特为代表的在野党，为争取下届大选的胜利，都在积极做着准备。政治斗争在帝国的各个星球上如火如荼地进行着。

罗伦佐是地球上一位穷困潦倒的无名演员，一天，他在酒吧里消磨时光，遇到了奉命前来执行替身计划的扩大党骨干塔克。原来扩大党领袖邦富特已被人道党的激进分子绑架，而他必须按计划出现在火星城接纳他为火星人的仪式上，否则后果不堪设想。通过设在海牙的宇宙人口调查总署的电脑，塔克查到了与邦富特外形一模一样的演员罗伦佐。

当罗伦佐得知自己将代替被绑架的邦富特去火星出席仪式时，他立刻予以拒绝。塔克对他软硬兼施，罗伦佐终于答应接受这项使命，登上了驶往火星的飞船。

在火星上，他们受到了联邦外交官的接待。由于罗伦佐惟妙惟肖的表演，连与邦富特交情最深的火星人克利阿希也难辨真伪。火星人高兴地给他取了火星名字，并接纳他为火星人。

而此时，塔克从司机口供中得知了邦富特的下落，但当他们找到邦富特时，他已经被极端行动分子用过量的药物严重损伤了大脑，罗伦佐不得不继续冒名顶替。

按原定计划，罗伦佐在飞船里给帝国广播网录制政治演说，演说在帝国播出后，夸罗格政府出人意料地集体辞职。由于政府总辞职，国王势必诏令在野党组织看守内阁，罗伦佐脱身不得，只好随众人飞向月球上的皇宫。

在觐见结束后，国王与他私下会面，指出他是冒牌货。原来与国王有20年交情的邦富特一直叫国王的名字，而不用"陛下"。罗伦佐不得不把

真相一一告诉国王。国王希望邦富特能康复，重操国事，故而默许罗伦佐继续演好这个角色。

由于国王无权批准看守内阁的名单，罗伦佐不得不再次粉墨登场，在众议院上发言。他没有按塔克预先准备的讲稿演说，而是从一位平民的角度强调友好团结，强调大众利益。演说深得人心，众议院批准了在野党的组阁名单，罗伦佐就以邦富特的身份宣誓忠于国王，服从宪法，然后宣布休会。

大选即将来临，可是邦富特仍然瘫痪在床。他接见了罗伦佐，对他的工作表示满意。罗伦佐的竞选演说深得民心，扩大党终于在大选中击败人道党。罗伦佐如释重负，准备告退，却发现邦富特已经寿终正寝。罗伦佐别无选择，他还得做替身，在政治舞台上尽心竭力。

《帝国双星》在 1956 年发表后被评论界认为是作者 50 年代的最佳作品，并荣获 1957 年雨果奖。

这部小说影射社会政治，故事结构严密，情节扣人心弦，人物形象鲜明，行文幽默生动，科幻构思精巧绝伦，充分展现了海因莱因的敏锐才思，是科幻小说有史以来最棒的作品之一。

海因莱因的小说是"美国梦"的一种表现，其主人公都是美国式的，作品中大量使用美国俚语和民间故事，注重美国传统，作品的主要思想带有军国主义倾向。这些特点在《帝国双星》中都有所体现。

尽管后期的作品不够生动，但是海因莱因仍不失为美国最有影响的科幻作家。他以高超的叙述技巧、精巧的科幻构思、极具时代感的激进思想，以及对美国历史和文化的独特的科幻化阐释，赢得了无数读者的喜爱。他曾是 1941 年、1961 年和 1976 年 3 次世界科幻大会的嘉宾，又是 1957 年、1960 年、1962 年、1967 年雨果奖得主，1975 年又荣获一级大师星云奖。即使在他 1988 年去世后，广大读者仍然推选他为"空前最佳作者"。

 精彩选读

我一上船，马上走进自己的舱房，在里面熬过了一段漫长的自由降落时间。靠着防晕药片，我好不容易迷迷糊糊地睡着了，然而，这实在不好受——因为我接连不断地做着一连串噩梦，梦里那些记者，还有警察、守卫都发现我是冒名顶替的冒牌货。他们指着我，争论谁最有权把我撕成碎片，或是扔进地牢。

幸亏，我被加速警报器的笛声惊醒。只听到塔克用洪亮的男中音大声叫道："红色警报！1/3 引力！1 分钟！"

我赶紧爬上铺位，系好安全带。

惯性运动结束后，我觉得好受多了。我的肠胃至少不再翻腾，走在地板上也觉得踏实多了。

5 分钟之后，塔克走了进来。

"你好！首领！"

"你好！塔克。见到你很高兴。"

"总比不上我自己为自己感到高兴。"他没精打采地说，然后朝我的铺

位看了一眼。

"让我躺一会儿行吗?"

"请便吧!"

他叹了一大口气,一翻身便躺倒在铺位上。

"老天爷,真把我累死了!我真想足足睡上一个星期!"

"我也想睡上一星期。嗯……你把他弄上船了吗?"

"弄上来了。真费了不少手脚。我是把他当作一箱冻虾运上飞船的。还得付出口税哩!"

"塔克,他现在情况怎么样?"

"医生说他肯定能复原,仅仅是时间问题。"接着塔克又说:"我真恨不得抓住那些坏蛋!把他摧残成这副样子。谁见了都受不了!可我们还得装得没事一样,让他们逍遥法外。这,当然也是为了他!"

塔克的神情显得既恼怒又痛苦。我轻声说道:"看情况,他们一定打伤了他吧?伤势严重吗?"

"受伤?!你一定误解了彭尼的意思。说实话,除了他身上太脏以外,他身体倒是挺好的。"

我目瞪口呆,"我还以为他们狠命地揍了他哩。"

"我倒宁愿他们打了他!断几根肋骨又有什么大不了?不是,他们把他的脑子摧残了。"

"啊,"我感到一阵恶心。"是搞乱脑神经?"

"对了!对,也不对。他们的目的不会是逼供。因为他本没有什么具有政治意义的秘密。他们的目的是要他听从他们的摆布……"

塔克接着说:"博士说,据他看,他们一定是每天只用很小剂量的药,只要他听从摆布。可是以后注射的剂量却足足可以叫一头大象变成会说胡话的白痴。他的脑子现在一定像洗澡用的海绵一样，吸足了药水。"

我使劲摇了摇头，想把一连串噩梦似的经历从我脑海里赶出去。"

"他还是会痊愈的吧？"

"博士说，药物只能使他的大脑瘫痪，却不会改变大脑的结构，血液的流通会慢慢把药物从大脑中带走，通过肾脏排出体外。但是，这需要很长时间。"

塔克这时抬起头，看着我说："首领。"

"什么?！该不必再叫什么'首领'了吧？他已经回来了。"

"我正要跟你谈这件事。如果请你再扮演一下这个角色，你会觉得有困难吗？"

"为什么呢？这儿并没有什么外人啊！"

"情况并非如此。罗伦佐，我们的保密工作确实做到了万无一失。这事只有你知、我知。"他扳着手指，一个个地数。"还有博士、罗杰，当然也有彭尼。地球上还有一个你没见过的人也知道，他名叫艾斯顿，可能吉米·华盛顿也猜到了几分。但是即使对他自己的母亲，也是不会透露的。至少参与绑架邦富特的人，绝不会很多，这是可以肯定的。不管有几人，他们绝不敢说出去。即使敢说出去，他们也无法叫人相信他真的失踪过。我的意思是说，这儿还有飞船上的全体船员，以及一些外界不相干的人。他们都不了解内情，却都知道你——邦富特仍在活动。老弟，在他没有复原之前，能不能请你再扮演一些时候，每天跟船上的工作人员，包括吉米·华盛顿的女秘书，还有其他人照照面呢？"

"嗯，……我看这倒没什么不可以。要多久呢？"

"就在返程中。我们会飞得慢一些，稳一些，你会觉得舒适的。"

"好吧，塔克。这段时间就不计报酬。我答应这么做，完全是出于对绑架和用药物伤人的憎恨。"

塔克一下跳了起来，高兴地拍了拍我的肩膀。"你跟我的脾气一个样，好老弟。别担心你的报酬，我们是不会亏待你的。"说完，他态度突然一变。

"就这样，首领，明天早上见，先生。"

这以后，为了转变轨道，以便尽量避免哪个通讯社再派一艘快艇来采访报道，飞船加速了飞行，然后转为慢飞。

我醒来时飞船正处于自由下落之中。我吃了一粒防晕丸，勉强吃了早餐。没过多久，彭尼就来了。

"早上好，邦富特先生！"

"早上好，彭尼。"我朝会客室方向把头点了点。"有什么新闻吗？"

"没有，先生。还是老样子。船长向你致意。如果你不觉得麻烦，就请到他的舱房里去一下。"

"当然可以。"

彭尼跟着我走了进。只见塔克为了稳住身体，双脚正勾在椅子上，罗杰和比尔正系着安全带睡在躺椅里。

塔克扭过头来说："对不起，首领，我们需要你帮个忙。"

"早上好，什么事？"

他们像往常一样，毕恭毕敬地回答了我的问候。塔克接着说："为了善始善终，你得再露一次面。"

"怎么，不是说好……"

太空探险科幻小说赏析

"请允许我说完。按我们原来的安排，广播网在等你今天发表重要演说，对昨天的事进行评论。罗杰已经拟好了讲稿。问题是你愿不愿意发表这篇演说？"

"在什么地方演说？在哥达德市吗？"

"啊，不。就在你的舱房里，我们会把演说播送给菲伯斯号，再由他们录制以后发送到火星，同时通过大电容电路播给新巴塔维亚，再由那里转播到地球、金星、木卫三号等等。用不了4个小时，演说就会播送到整个接收系统。你用不着劳神走出舱房一步。行吗？"

能通过这么庞大的电视网发表演说，向整个宇宙讲话，这本身就是一件极有诱惑力的事。我以前在电视上只演出过一次，而且是剪掉许多镜头的讲话，其实露面时间只有27秒。

可这一回却是我一个人包下了整个宇宙广播……

塔克还以为我不大情愿，赶紧说："没什么可紧张的，我们这飞船上就有录制设备。我们可以就在这儿录制，然后先放一遍，把该剪掉的统统剪掉。怎么样？"

"好……好吧！稿子准备好了吧，比尔？"

"是！"

"拿给我先看一下。"

"这又何必呢，时间还早呢。"

"稿子在你手上吗？"

"在倒是在。"

"那就拿给我看。"

"录制前1小时给你也不迟。这种演说要叫人觉得是即兴发表的才更好。"比尔满脸不高兴的样子。

"要让人觉得是即兴发表的，就得事先精心准备，比尔。我干这一行，比你懂得多。"

"你昨天在飞船发射场上的表演，不是也没经过准备和彩排吗？表演得不错嘛！如法炮制不就行了？!"

比尔是在拖时间。可我身上的邦富特性格却变得越发强烈起来。

别人见我可能发作起来，就劝说道："算啦，比尔，把讲话稿给他吧!"

比尔哼了一声，把讲稿朝我一扔……

飞船正处于自由下落之际。稿纸便在空中悠悠飘荡起来。舱内的气流把稿纸吹散了。彭尼赶忙一一把稿纸收拾整理好，然后递给了我。我用邦富特的口气说了声"谢谢"，便一声不吭地看了起来。

我匆匆扫视了一边，然后抬起头。

"觉得怎么样?"罗杰问道。

"大约有5分钟是谈加入'卡'族的事，其他全是为扩张主义党的政策进行辩护。这跟以前那些演说没多大区别。"

"对！关于加入'卡'族的事不过是个引子。演说的目的在于引出后面那一部分。你一定知道，我们是在准备，在不久的将来发动一次信任投票。"

"这我知道。你们是要抓住这机会来造声势。这我不表示意见。不过……"

"不过什么……？你究竟担心什么？……"

"嗯，是性格表现。我觉得有几个地方的措词得改一下。这不符合他平时演说表达的方式……"

比尔听了勃然大怒。"你只要把讲稿念好就行了！至于措词，那是我们的事！"

"你不懂，比尔。我的任务是演好我的角色。如果硬要我的角色说一些他平时不可能说的话，那我是没法把角色演好的。那会显得不真实，就像一只山羊突然说出希腊语一样……"

"你听着，罗伦佐，你不是雇来批评演说稿的。你是雇来……"

"别提啦，比尔！"塔克打断了他的话。

"也别老是什么罗伦佐……雇来什么的！罗杰，你看怎样？"

"照我看，首领，你唯一不同意的只是一些措词，对吗？"

"可以这么说。再有，我想建议删掉对现政府首脑夸罗格的人身攻击，也用不着影射他受人经济资助。我觉得邦富特是不会说这类话的。"

罗杰目光闪烁，颇有点诡谲神态。"这一点是我加进去的，不过你的话也许是对的。他一向宽宏大度。"他停顿了一下，思考半晌。

"你认为有必要改动，就改吧。等录制以后再放出来看看，怎样？"

他表情严峻地笑了笑。

"就这么办吧，比尔。"

比尔突然走出了房间。罗杰叹了口气。

"除了邦富特之外，比尔不喜欢别人指挥他。但是他的确是个很有才干的人。哦，不提了。首领，你看什么时候开始录制？我们的临时频率是160号。"

"现在难说。总之到时候会准备好的。"

彭尼跟着我走回办公室。她关上门以后，我说："这1小时左右我没

事要麻烦你，彭尼。请向博士要几粒药丸给我，可能用得着。"

"好的，先生。"她迈着轻盈的步子朝门口走去，"首领。"

"什么事，彭尼。"

"我只是想告诉你，比尔说些什么，你不必相信他！比尔确实常拟些草稿，罗杰也干，就连我有时也拟些草稿给邦富特。他也采用其中他中意的内容，但演说起来，说的全是他自己的话。"

"我相信你的话。"

"你尽力而为吧！"

我确实尽了最大努力。起初，我只是改换一些同义词，用富有生气的德语代替那些佶屈聱牙的拉丁词。可是到后来，越说越激动，干脆把讲稿撕掉，尽情照我对邦富特所有演说的理解，发挥起来。

我只以彭尼一个人作为我的听众，并得到塔克的保证：无论是谁，都不得偷听和打扰。

彭尼听了不到 3 分钟，就感动得满脸通红，淌下眼泪。演说持续了 28 分钟，正好剩下时间做预告节目之用。结束时，彭尼热泪涟涟，竟说不出话来。其实，我并未离开邦富特本人宣布的崇高理论原则，大加发挥，只是按其本来面目传达了他平时坚持的理论精髓罢了，而且其中大部分措词都摘自他以往的演说。

说来也怪，我自己对于那些我移植过来从自己口中说的话，竟也深信不疑，几乎感染上一种狂热。不管怎么说，我的确是发表了一次货真价实的演说！然后，我们全体一道听了录音，从头至尾看了我的立体录像。播完之后，我问罗杰："你以为怎样？要不要剪掉点儿什么？"

他从嘴里拿掉雪茄，"不。如果你想知道我的意见，首领，我看应该就这样广播出去!"

比尔又像上次那样走了出去,但是别人却激动地走上前来。

"邦富特先生,讲得太好了!"

彭尼简直就说不出话来。

结束以后,我就上床睡觉。每次大获成功,我总是疲惫不堪。这一觉睡得超过了8个小时。

在开始以一个引力加速飞行时,罗杰·克里夫敦走了进来,脸上带着难以形容的不安神情,既得意,又忧虑,还仿佛有点儿惶惶然。

"什么事,罗杰?"

"首领!他们偷跑了!夸罗格政府辞职了!"

(艾莹 陈隽 陈潞 译)

太空探险科幻小说赏析

天网的坠落

作者：杰克·威廉森

推荐版本：人民文学出版社 2001 年 10 月版

太空探险科幻小说赏析

作者简介

杰克·威廉森
杰克·威廉森（Jack Williamson，1908～2006），1908 年出生于美国亚利桑那州，1926 年高中毕业，但家庭的困难迫使他放弃了上大学的机会。于是他开始试着为《惊奇故事》写一些梅里特式的故事，很快处女作《金属人》就出现在《惊奇故事》上。

其创作大致可分为两个阶段：1945 年以前，他的创作集中在当时流行的"太空歌剧"上，被誉为"太空歌剧"的两大台柱子作家之一；1945 年以后，他的创作则更加多样化，并开始关注科技发展对人物心理和社会所产生的影响。

威廉森第一阶段的长篇有 10 多部，它们大都以在杂志上连载的形式发表，包括《外星智能》、《乌托邦要塞》等等。他在这一时期最好的作品是"航时军团"系列中的《时间军团》，它表达了作者的未来观，即任何未来都有可能存在，但实际上能够存在的未来却只有一个。威廉森通过这部作品第一次提出了"平行宇宙"的概念。

20 世纪 50 年代初，威廉森面临着自我超越的困境，一直到 60 年代，都较少有独立的创作。1964 年，威廉森获得了博士学位，并在新墨西州大学教现代小说和文学评论，直至 1977 年退休。这期间，他努力促使科幻成

为一门正式的理论学科，为提高科幻文学的地位做出了贡献。1976 年，他被世界科幻小说协会授予科幻大师奖，两年后又被推选为美国科幻小说作家协会会长。

2001 年，93 岁的威廉森又以一部《最终的地球》获得科幻大奖"雨果奖"，从而创造了科幻史上的一项奇迹。2006 年 11 月 10 日下午在新墨西哥家中去世，终年 98 岁。

代表作有"航时军团系列"、"海底三部曲"、"星孩三部曲"、《潜在的异族》、《智能机器人》、《天网的坠落》、《星桥》等。

太阳帝国 84 年，在通往光圈站的途中，奎恩·德恩降生在飞船上。他从小在光圈站生活，他的母亲在这里工作。在童年中，他遇到了来自地球的敏迪·兹恩，两人一起长大，并逐渐产生了爱情，后来，敏迪跟随奎恩的母亲乘坐飞船返回地球，奎恩则跟随继父克雷继续留在了光圈上。

地球上太阳巨头科万家族和陈氏家族相互仇视。太阳巨头家族致力于探索外星文明，开发宇宙空间，而陈氏家族则坚决否认外星生命的存在，并以启示者的身份散布恶魔将要毁灭地球的谣言。

太阳巨头家族的儿子杰生·科万为了冒险和赢得声誉，来到光圈站并在奎恩的驾驶下前去探望斯比卡号，并吹嘘自己发现了外星人。太阳帝国下令撤离光圈站，克雷等人坚守不从。奎恩随撤离的人回到了地球，由于没有太阳标记和声称发现了骇人的搜寻者号而被捕，而母亲则被启示者分子在实验室炸死。敏迪突然出现，解救了奎恩，此时她已成了贝尼托·巴拉卡的情人。

在母亲遇害实验室的地板上，奎恩在找到的照片后面发现了一个电话号码，原来此人是太阳帝国的巨头，更是奎恩的生父。贝尼托杀死了巨头，奎恩作为嫌疑犯被追杀。搜寻者号剪断了天网，地球面临灭顶之灾，奎恩妈妈一直研究的外星俘虏天鱼帮助奎恩逃离了危险。杰生·科万想要得到奥拉夫·索森的发动机离开地球，却被嫉妒的情人杀死。奎恩和敏迪找到了索森，驾着飞船向搜寻者号进发，在天鱼的帮助下，奎恩带着武器毒死了搜寻者女王的幼崽，搜寻者女王在临死前放了奎恩一条生路。奎恩回到了光圈，一场人类灭绝的危机终于得到了消除。

品评赏析

《天网的坠落》是美国科幻小说的大师级作家杰克·威廉森后期代表作之一，于1984年首次发表。

这部作品着重探讨在科技高度发达的背景下，人性怎样才能得以相应的进步、发展以及不同种群应当如何相互和谐共生的问题。作者通过两个不同种族的外星人对人类行为的观察，从侧面揭示了人性的善恶优劣，这是这部小说的一个重要特色。

信奉强者生存法则的搜寻者女王，对于弱小者从来不会产生任何怜悯，更不会想到要与其交流沟通。然而就在她面临失败之时，却能保持一种骑士般的风范，放对手一条生路，这种描写无疑具有一种讽刺意味，颇为耐人寻味。

作品中的"太阳帝国"象征着人类权力、统治欲望的夸大和扭曲，是

人类科技高度发展而政治文明腐朽退化的产物。帝国中的统治阶层如杰生·科万等人，残暴而又自私，在他们的身上看不到一点人性进步的希望。即使是反抗帝国统治的地下组织，也不过是一群野蛮凶残的乌合之众。相比之下，主人公奎恩及其朋友所体现出的宽容友爱、勇敢无畏的精神就显得尤其可贵。

作者通过纽林人之口，阐明了自己对于不同种群应该如何相处的观点，那就是不要单纯地以文明的原始或是进步来判断优劣，不同的种群之间应当学会相互容忍，继而学会相互理解，最终在交流中实现共同进步。

杰生·科万从科多伯西出发，他指挥的飞船叫太阳科万号，是科万系列飞船的最新型号，加速度是阿尔德巴伦的 3 倍，到光圈只需飞行 4 个月。当飞船到来时，奎恩和克雷正站在圆顶屋里。飞船是银白色的，还没被太阳原生质弄脏，显得十分洁净，它缓缓滑落在一块橘黄色的塑料上。卡本将杰生带进圆顶屋时，奎恩仍然守在岗位上。

初看之下，杰生还是老样子，奎恩感到一阵痛心的气愤。他穿着黑得发亮的飞行服，整洁精干，衣领上还镶有表明身份的黑边太阳圆盘。粗壮的鼻子一如既往地让他显得不可一世，然而也确实有几分潇洒。黄铜色的头发飞扬着，小胡子修得整整齐齐，绿色的眼睛和他的金色太阳标记一样显眼。

他没有认出奎恩。

"少爷，还记不记得奎恩？"卡本满脸笑容，似乎忘记了以前对他的厌恶。"他曾和你一起去过那艘破船。"

"奎恩?"杰生盯着他。"我还以为你死了呢。"

"托你的福,我还没死。"

"不好意思。"杰生说得十分轻松随意,一边向他伸出手去。

"当时你要合适的话,我就让你坐救急船回来了。"

"你说,你看见我死了,"奎恩揭他的老底,"被外星人杀死了。"

"噢,那不过是政治需要罢了。"

杰生耸耸肩。他的微笑还是像以前那样迷人。奎恩终于还是与他握了握手。"咱们那次冒险行动让我获得了这些。"他摸摸衣领上的太阳圆盘。"我明白我欠你,奎恩。这个债我想偿还。到我船上去喝两杯吧,咱们好好聊聊。"

"谢谢,"奎恩低声咕哝道。"要是我真的死了呢——"

然而,过了一会他又试着从好的一面去看杰生。他已经长大,也许他真的与以前不同了。现在他在科万大厦有权有势,他还会回到太阳那边的。

第二天,奎恩登上太阳科万号,要求与司令见面。一位低级军官让他在主舱等一会儿。他从未见过那么豪华的地方。正当他弯下腰抚摸一张油光水滑、图案新奇的桌面时,他听见杰生和颜悦色的一声招呼,吓得他像做贼一样跳了起来。

"欢迎你,奎恩!"

杰生动作优雅地冲进屋来,他喜欢这儿微弱的引力。他笑容满面地滑过来跟奎恩握手,然后顺势坐在他们之间那张漂亮的桌子上。

"硬木做的。"他冲桌子点点头,"我猜你在这儿没有见过。来一杯烈

性酒，如何？"

"行。"

奎恩尴尬地笑笑，一时百感交集。羡慕也好、敬畏也好、恐惧也好，他是巨头的儿子，住在天空网里面，什么世面都见过。看看他不经意之间表现出的非凡魅力，奎恩只想忘记杰生曾经对他做过的那些坏事。

"这是我的第一瓶烈性酒，"他坦言道，"是一位药剂师用他所谓的饮用酒蒸馏而得的，但我觉得太难喝了。"

一位服务员把酒端来，奎恩喝了一大口，呛得他直想咳嗽，但拼命忍住了。杰生嘴角闪过一丝不易觉察的笑意，很快又消失了。

"那咱们就开门见山吧——"杰生看着他，绿色的眼睛显出狡黠的神情。"今天我跟老卡本一起，花很多时间讨论了那些激光信号，你认为这些信号有什么意义？""我们遇上了有智力的动物。"他说道。"就像我们曾经抓住的那只。我们寻找他们时，他们也在盯着我们。克雷认为他们并不怀有敌意。但是，他们什么样，想干什么——"他摇摇头。"我也说不清楚。"

"我一定要查个水落石出。"杰生端起酒杯。奎恩看见他的指甲修过，比脸上的太阳标记还要明亮。"我已下达命令，更换光圈装备，撤销卡本职务，调查外星人的底细。我打算出去确认这些脉冲的发出地。"

那双绿色眼睛微眯着，直盯着他。

"想不想去？"

这一问比烈性酒的作用还要大。

"考虑一下吧，奎恩。离开科多时我不可能把所有人都带上，现在我需要一位核裂变工程师。你朋友乌鲁不想去，他说你去也完全可以，虽然你没有取得过专门的学位。"杰生向他挪近了一步。

"如果你还想要太阳标记的话——"

他的心怦怦直跳，但他还是忍不住摇摇头。

"算了。"他轻声说道。"我已经受够了。"

"我给你道过歉了。"杰生修过的手随意地一挥，仿佛想把内心的不安一把拂去。"忘记过去吧，小子。那时咱们都是愣头青嘛。那次的旅行真像玩了回疯狂的绝技。现在这个样子，我想咱们两人都算运气。"

"对你算运气。"

"当时我做对了。"杰生得意地把头发摆到后边。"现在我想让你分享一点我的运气。"他勉强挤出一点笑容。"我记得，那时你想去太阳那边。"

"现在——我仍然想去！"奎恩脱口而出。"不惜一切代价……噢，不是一切……"

"那就和我呆在飞船上吧。"杰生闪光的手指指向窗外星空。

"我们一起去寻找外星人。要是打起来，我们有火箭、导弹，还有激光武器——"

奎恩心事重重地坐着，一言不发。

"说话呀，小子。"杰生又挪近了一步，友好中带点急迫。"你要是认为我亏待过你，我现在就来补偿。回到科多，我立刻派人给你弄到太阳标记！"

"我怎样才能相信你——"

他脑海中又浮现出小飞船上的那一幕。他在主磁铁燃烧放出的浓烟中被呛得死去活来，杰生却坐着救急船逃开，抛下他一个人等死。想到这儿，他使劲摇了摇头。

杰生脸上的笑容消失了。

"听着，小子！"他尖细的声音变得冷漠起来。"你要是不去，就休想得到太阳标记。我就是下一任巨头，我说了算！"

"谢谢——"奎恩推开桌子，声音一下子沙哑颤抖起来。"那我更要拒绝了。"

"你自己看着办吧，小子。你要是愿意呆在这雪块上，不愿要太阳标记，随你的便好了。不过我要说，你是个傻瓜！"

"也许——也许我就是傻瓜。"

"大傻瓜！小子，大傻瓜！"杰生按一下铃，示意服务员送他下船。在他背后传来杰生嘲弄的声音。"你要是逼我又一次回去报告你死了，你就再也不能说我是在撒谎了。"

设备陆续从太阳科万号上搬下来，还有六七位新面孔前来接替站上已服役期满的员工。他们中有一位是新来的信号官，还有一位工程师。工程师名叫托尼卡福迪奥，长得又瘦又黑，他父亲曾经是一位船长。奎恩带他上卡帕拉号去见乔莫。他只瞥了一眼那几台破旧的发动机，立刻就愤怒地大叫起来。

"科万人做的好事！"他黑色的眼睛似乎要喷出火来。"家父看见这堆废铁，就曾经叫人把它们扔掉——整整15年了！"他又可怜又惊讶地看了乔莫一眼。"你们仍然把你们的生命——我们大家的生命——托付给这些废铁？"

"坏了我们就修，"乔莫咧开嘴笑着说，"只要能修，一切就太平。"

"这机器还能修？真是天大的奇迹啊！"

"这就叫，"乔莫一脸严肃地说道，"宁为自由死。"

"我听不懂你在说什么。"他漠然地点点头。"不过，比起奥拉夫索森那些新发动机——"

"索森？"奎恩盯着他。

"你们远隔万里，也听说过他吗？"

"他娶了我母亲。"

"啊哈？"他冲奎恩眨眨眼睛。"我从没听说娜娅德恩还有个儿子哩。不过我倒真的和索森共过事，为科万系列飞船研究血浆极化素，比这堆烂铜破铁要先进100年。索森是位天才，他要是精通太阳政治的话——"

"他有麻烦了？"

"我们都有麻烦了。"他的脸阴沉下来，"太阳那边的人都有麻烦了。过去常听家父谈起他的光圈之行，我就一直向往上这儿来。"

他咬紧嘴唇，冲着那几台发动机摇摇头。

"看来，我并不十分了解你们这儿也有许多问题。"

杰生·科万装完反应物质，立即向星空飞去。奎恩与克雷一起站在圆顶屋，看着太阳科万号飞快消失在黑暗的天宇，一种说不出的压抑与无奈油然而生。光圈站似乎骤然变得很小很小，而他向往着海阔天空。

消息传来时，既不是深夜，也不是杰生发来的。那时奎恩正准备接克雷值班。信号机正跟踪太阳那边的中转站。接收机发出响动，飞行指挥部送来了消息。审查人员加了密码，他们只好等卡本前来将它放进解码器。

卡本读发信息的时候，克雷慢慢张大了嘴巴。

"他们已经绕过咱们——"打印出的纸张在他指间抖动着。"又抓了一个外星人。与上次那个不同种类，硬实得多。征服海王星舰队抓住的。它跟在一艘供应船后面，飞近光圈站，侦察飞船泊位和无线电反射器。这个

外星人有银白色鳞片，活动起来像条鱼，所以他们管它叫天鱼。"

"他们先用激光击昏它，然后将它拖上船。它毫无反抗能力，但还是活了下来。他们用供应船把它运回了科多。"

卡本停下来，凝望着远处黑暗的星空。他满脸胡子拉碴，看上去比以往更苍老、更虚弱了。"这一切几个月前就发生了。掐指一算，大约是科万司令上这儿途经征服海王星舰队那会儿。审查人员正着手调查，语言学家们也在想办法审问它。"

奎恩心想，他母亲是不是也在其中。

"它是怎样到那儿的？"克雷问道。"乘的什么飞船吗？"

"没有详细说明，看得出飞行指挥部震惊了。我们收到了外星人信息，而且太阳科万号对它居然毫无觉察，依据这两点，他们确信我们就要受到攻击了。"

"他们会派援兵来吗？"

卡本显得愈加虚弱，摇了摇头。

"他们打算撤出光圈，关闭光圈站。给我的命令是：打点行装，难备撤离。维拉布鲁恩船长已在火星科万号上整装待命，前来接我们回去。"

在核星观察站，西阳根在那几个存活下来的行星两足动物身上，没有取得多大进展。这几个东西出奇的虚弱，而且自残性很强，实在让她难以理解。他们多数都或太蠢，或太弱，或太凶，根本无法进行智力交流。只有一个高个子男性是例外——每当他试图和她交谈，他的同伴就残酷地惩罚他。

他们将他关在笼子外边（他们则在笼子里面做些怪里怪气的事情），见他一个人呆着时就冲他大吼大叫，有时甚至把不要的食物扔向他或用小便淋他。有一个女性对他很忠心，他们一起躲进他自己的小笼子里，只有上语言课时才打开门闩。对西阳根来说，这些语言课纯粹是痛苦的折磨。这些家伙说话时，在他们需要的有毒的大气中制造出声音振动，在令人无法容忍的压力下伴有腐蚀性的氧气喷出，而且热气逼人。

然而，她咬牙坚持了下来。语言课一度进行得非常顺利，连那位女性也来听课了。

当她理解了一声咕噜或一声尖叫时，她就猛击前肢，把已经过热的气体拍得天旋地转直振动。

每当天黑，她的伙伴们就需要一种独特的休息和交媾活动。遇到这种时候，她总是很难受，因为她同伴天生的暴虐让他们在黑暗中折腾不停。有一个夜晚，这位可怜的女性死了。

天亮之后，西阳根发现门闩坏了，两个人都被人用铁条毒打了。男性的身体飘在毒气中，由于某种至关重要的体液流失过多，差点送了命。

像所有原始人一样，他也反抗了。笼子里液体乱溅，一片狼藉。另外五个男性和两个女性鼻青脸肿，满身是伤，表明他们就是凶手。

她在另一间笼子里找到了死去女性的尸体，一大群家伙围着尸体号啕大哭，情绪非常激动。尸体被抽打过，而且被肢解了，一只眼睛里还插着金属条。

她将受伤的男性转移到一间单独的屋子里，并把他敌人身体里的液体输给他。好不容易苏醒过来，他两次挣扎着要自杀，想拿刮脸刀片割断他前肢上的液体管道。

尽管光亮得刺眼，热得起泡，味道臭得恶心，她还是耐心地一次又一次回到他旁边，劝他继续和她交流下去。她从行星飞船给他拿来了食物和

饮料，并发明了设备把自己的声音转化成空气振动，而把他的声音转化成光。她把艾尔德的艺术品给他看。尽管他身体虚弱，智力低下，但她的努力终于有了回报。

她学会了他的语言。

（李小均 唐伟胜 译）

天网的坠落

太空探险科幻小说赏析

地球杀场

 图书信息

作者：L·罗恩·哈伯德

推荐版本：海南出版社 1997 年 8 月版

作者简介

L·罗恩·哈伯德（L. Ron Hubbard，1911~1984），20 世纪最受欢迎、最多产、影响最广泛的畅销书作家。美国科学幻想小说黄金时代的奠基人。同时他还在管理学、教育学、哲学等方面获得了巨大成就，是最权威的萨杜恩、TetradramaD'oro 和谷登堡奖的获得者。

L·罗恩·哈伯德

16 岁时孤身一人来到亚洲。在 20 世纪 20 年代还鲜有西方人进入中国时，他便已游历了旧中国的上海、北平和西部山区。1929 年，他返回美国进入乔治·华盛顿大学学工程，学习了原子和分子物理学方面最早期的课程。1932 年，他作为队长带着两支探险队分别考察了加勒比海地区和波多黎各。二战期间，他成为美国海军一位杰出军官。二战后期，他在美国海军护卫舰上服役，随后离开军队，继续科幻小说的创作。

1950 年，哈伯德发表了《排除有害精神治疗法》，他将其称之为"新的心理科学"，哈伯德的论点暗示人类的头脑不会忘记任何一件事，并且能听到这一切——即使大脑的意识中枢处于睡眠或麻醉状态，自出生（甚至更早以前）开始的痛苦的经历会永远留在记忆中，对心理造成影响。哈伯德称这种心理障碍为"记忆痕迹"，他的"排除有害精神治

太空探险科幻小说赏析

疗法"的理论正是通过一系列心理治疗（他将其称之为"旁听"）消除这一影响。由此形成后来颇遭非议的"哈伯德——戴尼提"心理调节流派。

哈伯德的一生著作甚丰。其已出版的 550 多部作品被翻译成 32 种文字，在 105 个国家发行了 1.77 亿册。小说有 260 多部。

代表作有《最后停电》、《睡眠的奴隶》、《恐惧》、《最终的探险》、《太空的征服》、《地球杀场》、《太空打字员》等。

内容预览

公元 3000 年，那时的人类早已经被来自宇宙间的入侵者毁灭了几个世纪，只有一些残存的人零散地分布在几个大陆的深山中苟延残喘。而来自宇宙的毁灭者正是通过人类发射的探索者号飞船上的那个标牌找到了人类的所在，并用毒气一举毁灭了人类的绝大部分。这些宇宙来客叫做"塞库洛"人，他们来到地球的目的是为了开采地球的金属矿藏。

到了 3000 年时，地球上残存的人对我们现在的文明已知之甚少，我们今天的文明只存在于他们的传说之中，就像我们今天遥想远古洪荒时候的事情一样。他们按不同的民族分成一些小部落，整日东躲西藏，生活在对魔鬼的恐惧之中，与野蛮人相差无几，而魔鬼就是塞库洛人。

塞库洛人是一个以杀戮为乐的十分残忍的民族。他们的统治者在婴儿出生后，便马上给其动脑手术，在婴儿头颅内放上一种特制的胶囊。这种手术既剥夺了塞库洛人的"人性"，又能保证塞库洛高度发达的科学技术不向外族人泄露。任何塞库洛人如果向外族人传授塞库洛尖端科

学知识，他头颅内的胶囊便会驱使他去杀人并自杀。他们的统治者就是要控制他的人民的心灵，让他们成为统治者的工具，去杀人、征服、掠夺。

然而，这个横行16个宇宙星球的强大的帝国，最后却被小说中的传奇英雄、美国青年乔尼·泰勒和他的一些外国朋友给毁灭了。他们利用塞库洛的远距传物发射装置以及地球被毁灭之前留下来的原子武器中的放射性的铀使塞库洛星球变成了一个火球，一个新太阳。最后，这些青年又以自己的智慧和所掌握的尖端技术战胜了想来瓜分地球的诸星外来客，使整个宇宙成为一个和睦的大家庭。

《地球杀场》是一部极具想象力的作品，里面既有动人心弦的爱情故事，又有惊心动魄的星际空战，还有对各种各样的政治阴谋的精心描述。小说中悬念迭起，充满了各种冒险和难解之谜，同时又不乏哀婉动人的场面。它既有间谍小说的味道，又包含了侦探小说的特点。小说中的内容不仅涉及各种高科技，还牵涉政治、社会、经济以及星际外交等方面的问题。故事情节环环相扣，引人入胜，令人读来不忍释卷。

《地球杀场》代表着20世纪科幻小说创作的一个里程碑。它是深受欢迎的全球畅销书之一，在全世界以12种语言发行了400多万册。

它是聚悬念、怜悯、战斗、幽默、欺骗等于一体的集大成者。

——《出版商周刊》

一部值得一读的充满想象力的作品，小说中包括：快速的行动、冒

太空探险科幻小说赏析

险、不可思议的奇迹和政治阴谋。

——查塔努加消息自由出版社

只有一句话能最好地描述这部书：完全的魔法。

——《明西恩之星》

这是个厚厚的包裹，一个接一个的惊险故事让读者不能喘息——科学小说黄金时代的又一可喜的贡献。

——《温太华市民杂志》

优秀的老式剧本在哈伯德《地球杀场》中得以重现。

——《纽约每日新闻》

这是一部史诗性的科学小说，讲述了人类和外星统治者的斗争。

——《圣迭亚戈联合报》

这是一部非常精彩的描写冒险、爱情、战争的小说，读者能紧随着它的经典的主题和快速节奏。

——《德兰德太阳新闻》

无数的冒险、星际战争和优秀的传统科技小说……

——《伯克希尔之鹰》

乔尼和科尔正忙于把采矿机械和设备运送到"防御基地"。那天一大早特尔就发布了命令。

机械运输机的门四敞大开，舱梯下到了战斗机旁的空场上。

受到威胁的兹特检查完一台钻机，然后由科尔把它开上舱梯。兹特

关上了舱门。

乔尼坐在副驾驶座里，系好安全带。科尔向后滑动控制键，飞机立刻起飞，向西行驶。科尔飞得很低，尽量保持机身的平稳，因为机上所有的机械都没有固定。

乔尼对地面不屑一顾——这种短途飞行他们做过多次了，他都厌烦了。一周来，他白天练飞行，晚上看书学习。

令他头痛的是那本书——《人工驾驶和无人驾驶的飞行传送》，其飞行部分远不如传送部分有趣。他感到如能掌握传送技术，他或许能采取些措施避免迟早会降临的厄运。

书中的数学程度非他所能及。这些塞库洛数学要比他所学过的超前得多，各个数学符号缠得他头晕脑涨。

书开头的那部分历史说明敷衍了事。它只简单地介绍说 10 万年前，一个名叫恩的塞库洛物理学家解开了这个谜。在此之前，人们以为远距传物就是将能和物质转变到空间，然后在另一个空间将其重新转变，这样，被转变的物质会呈其自然的形式。但这一点从未得到过证明。恩发现空间的时间、能或质量都能完全独立地存在，并且所有上述这些物质实际上都是分开的项目。只有当它们结合在一起时，才能构成一个宇宙。

空间仅依赖于 3 种配价素。如果我们规定一套空间配价素的话，我们就改变了空间本身，那么那部分空间里所包含的能或质也随之改变。

就拿这架飞机上的发动机来说，它只是一个封闭的空间，其间的空间配价素能被改变。随着配价素的改变，空间也相应地改变了。这就产生了原动力。这就解释了为什么这种飞机可由一个配电盘驱动，而不通过空气的推动。它们可以没有机翼或控制器，尾部和两侧的更小的空间

太空探险科幻小说赏析

里可以输入一套相似的配价素，以便使飞机上升和倾斜。一系列的配价素输入主机中，就可使飞机随封闭的空间所占用的各套配价素向前或向后。

远距离传物的操作原理也是同样的道理。物质和能与空间联系在一起，当它们所处的空间与其他的空间相交换时，它们随着空间的改变而改变。因此，物质和能似乎在一个地方消失了，而又出现在另一个地方。其实，它们本身没有改变，改变的只是空间而已。

现在，乔尼明白了地球是如何遭攻击的了。塞库洛人以某种方式，可能是从这个宇宙上的一些塞库洛宇宙站了解到地球的存在，然后便捞取了地球的配价素。

显然，他们使用了某种记录仪，他们将记录仪投射到一套试验性的配价素里，然后将其收回，研究拍下的照片。如果记录仪消失了，他们便知道已经将其送进了这个星球的质量里，于是他们调整配价素，重新发射记录仪。

他们就是以这种方式发送的杀伤性气体，接着他们又以同样的方式发送了塞库洛人以用武器等。

地球就这样被他们灭亡和占领了。但这并不能告诉乔尼如何返还这一过程。塞库洛宇宙站可以任意向地球发送新的气体，甚至军队，这一点使乔尼感到痛心疾首。

"你讲话不多。"科尔说。飞机在古老的防御基地上空盘旋，准备降落。科尔开得很慢，生怕撞坏了没加捆绑的机械或担心机械会撞坏飞机。乔尼回过神来，他指了指脖子上挂着的摄像机。

"忘掉它。"科尔令他吃惊地说，"它们的有效范围最多只有两英

里。"他一指自己工作服的口袋盖，上面有一个还要小的摄像机，真可称得上一粒纽扣，摄像机上带有公司的标记。

"最多不过五英里吧？"乔尼问。

"不到。"科尔说，"这个公司的保安措施令人头痛。我检查过了，这个飞机上没有记录器。真见鬼，我们把这些机械运到这儿来干什么？"他低头看了一眼，"这儿无论如何不像是防御基地。"

是的，的确不像。这儿只有一些建筑，甚至没有着陆场。谁都会看出这地方没有掩体。在它的一头有一系列奇怪的突出物。

"特尔下的命令。"乔尼顺从地说。

"才不是特尔的命令呢，我见过的，是地球主管的签字。特尔还直抱怨呢。他说是不是纳木夫放弃使用计算机了。"

这给乔尼提供了新的信息，但并非是科尔所认为的。特尔掩盖了他的阴谋，这明明是特尔的计划，这使他很不安。"这玩意儿，"科尔向后一扭头，说，"好像是实习设备，可是给谁提供的呢？这是绝好的采矿设备。注意，我们要着陆了。"他敲打各控制键，飞机向下慢慢移动，轻松、平稳地落了地。

科尔戴上面罩。"还有一件趣事，这玩意上没有呼吸气体供应，只是罐子里剩的那点。你是我了解的唯一不用呼吸气体便可操作这些机器的人。难道你打算操作所有的机器吗？"他笑道，"那会让你丧命的！我们来卸车吧。"

他们花了足足 1 小时才将机器排列在靠近最大一座建筑物的空地上，其中有钻机、飞行平台、电缆绕线器、矿石网，铲运机和唯一一辆运输卡车，加上以前运来的，目前共有 30 多台机械设备了。

—— 73 ——

"我们来转一转，看一看。"科尔说，"我们一直来支匆匆。这幢大楼里有什么？"

大楼里净是一个个的房间，每个房间里都有铺位和衣橱，大楼里面有洗手间。科尔东张西望在找值钱的东西，但是破烂的窗子加上风雪的席卷已没多少东西留下来，到处是厚厚的尘土和辨认不清的杂物。

"已有人来过。"这便是科尔的发现，"我们到别处转转。"

科尔迈着重重的脚步走进另一座大楼。乔尼发现这是一个图书馆，但没有福州人保护得那么好，一片狼藉。千百年来，这儿的蟑螂以纸为生。

一个古怪、破烂不堪的结构，上面有17个尖——乔尼数过——好像曾是某种纪念馆。科尔走进一道并不存在的门，看见一个十字架依然悬挂在墙上。"那是什么东西？"他问。

乔尼知道这是教堂的十字架，他告诉了科尔。

"真滑稽，防御基地是竟有教堂。"科尔说，"我说过这里不像是你御基地，我看到像是一所党校。"

乔尼看着这个塞库洛小矮人，他尽可称得上笨，但却一语道破天机。乔尼没有告诉他此地到处都有"美国空军学院"的标志。

他们走回飞机。"我敢打赌，我们在建学校。"科尔说，"这就是我们现在所做的一切的目的所在。可是谁来学呢？肯定不是不带呼吸气体的塞库洛人。驼起舷梯，乔尼，我们离开。"

乔尼竖起了舷梯，但他并没有爬上机舱，他四处眺望，寻找水源和木柴，他有一个在此露营的想法。有了，一条小溪从附近的雪山顶上潺潺地流下来，树木里有的是木柴。

他又看了睦人与塞库洛最后一次较量的战壕。高高的野草在孤寂哀嚎的风中摇曳。

他爬上座机机舱，忧心忡忡。

一天晚上，特尔开笼门时，激动地对乔尼说，"跟你的马和女伙伴说再见，动物。明天天一亮，我们要做一次长途旅行。"

乔尼抱着一捆柴停住了。"多久？"

"五天，一星期，看情况。"特尔说，"这很重要吗？"

"我得给她们备下食物……很多的东西。"

"哦。"特尔淡淡地说，"那我还得傻站在这儿等吗？"他拿定主意，锁上笼门，通上电。"我一会儿就回来。"他急匆匆地走了。

他走远了，乔尼自言自语，现在魔鬼又要耍什么花招？

幸好，那天他猎到一头肥大的公牛，他迅速动手将其一分为四，用皮包起一半，放在门外。

"克瑞茜！"他喊道，"生起烟，给我熏出一星期的肉，同时也想想这段时间你还需要些什么。"

"你要离开？"克瑞茜的声音里带着一丝惊慌。

"只去很短的时间。"

两个姑娘看上去忧心忡忡的，她们显得那么孤独与凄凉。乔尼暗暗自语："我一定会回来的。""快准备食物吧。"他对她们说。

他查看"布洛杰特"的伤口。"布洛杰特"现在能走了，但是撕裂的肌肉结束了它奔跑的日子。

马吃草的问题有点棘手。他不想把它们放开，但又不能把它们拴在一个地方，吃上一星期的草。最终，他决定放开它们，但他嘱咐帕蒂一天两次唤它们到栅栏前，同它们说话，帕蒂答应了。

他准备了一个袋子，里面装着打火石和火种，锋利的玻璃片和一些杂物。他折起一块完整的鹿皮，拿上两根夺命棍，他把这些打成一个行李卷。

特尔很晚才回来，他打开笼门，乔尼迅速搬进去克瑞茜所需的东西。她可以熏牛肉，鞣兽皮，够她们忙活一阵的，他拿上克瑞茜准备好的一包食物。

"你会平安无事吗？乔尼？"她担心地问。

他不想笑，但他还是笑了。"无论如何，我要让这次成为我的第一次旅行。"他轻松地说，"好了，别担心，给帕蒂脖子上涂点牛脂，可帮助伤口的愈合。

"快点。"特尔不耐烦地催促道。

"你认为玻璃切东西如何？"乔尼问克瑞茜。

"如果不割着自己，的确不错。"

"那好，小心点。"

"嗨。"特尔又催他。

乔尼在帕蒂脸上吻了一下，"你要照顾好姐姐，帕蒂。"

他双臂搂住克瑞茜，紧紧地拥抱她，"请别担心。"

"混蛋，快滚出笼子。"特尔骂道。

克瑞茜的手滑下乔尼的胳膊，乔尼也抽回身，直到他们的手指相连。"多保重，乔尼。"她说着，眼泪夺眶而出。

特尔一把将他拉出笼子，"砰"的一声关上笼门。乔尼还在关栅栏门时，特尔就通上了电。

"凌晨，"特尔说，"我要你到停机场待命。我们将驾驶 91 号人员运输机。穿得像样点，别熏臭了机舱。带上空气筒和足够的空气瓶，多带一副面罩，明白了吗，动物?"说完，他走了，实际上是在小跑。这些日子，特尔是个大忙人，地动声渐渐消失了。

过了一会儿，乔尼摸黑摘了些野花和浆果，他想通过铁栏之间的缝隙扔给克瑞茜和帕蒂，但，还没等东西进笼，电流就发出弧光，烧得它们噼噼地响。看来情况更糟了。

最后，他垂头丧气地倒在了铺上。他确信以后的情况将会变得更为艰难。

他们终于起飞了，迅速上升到十英里的高空，径直朝东北方向行驶。特尔宽大的身躯坐在操纵盘前，默然无语。乔尼坐在副驾驶员操纵前，将安全带绕身体两周。空气面罩上一层雾，驾驶舱里变得相当冷。

看到舱里没有压缩的呼吸气体，乔尼想最好是坐在那里，但特尔把他推到副驾驶座上。现在，他高兴了，在这一高度，舱里几乎没有空气，寒冷渗入驾驶舱，指针冰凉。

高山、平原在他们脚下伸展，尽管飞机是特超音速的，但飞起来并不明显地感到特别快。

不久，乔尼知道他眼前是世界的最北端，整个北边的地平线是一片雾蒙蒙、白茫茫的冰雪世界。他们并不打算跨越北极，只是要离北极很近。

控制台上的计算机喋喋不休地报告着他们的方位。乔尼看了一眼屏幕，他们转弯向东飞去。

"我们上哪儿?"乔尼问。

特尔半天没回答。然后，他从机坐的袋子里拽出一张这个星球的"星际矿业图"，把它扔给乔尼。"你看到了，这个世界是圆的，动物。"

乔尼边展图边说，"我知道地球是圆的。我们这是去哪儿？"

"我们不去哪儿。"特尔指着北方说，"表面上看，它是坚硬的，但实际上都是水，都是冰而已。千万别在那儿降落，你会冻死的。"

乔尼展开图，特尔画了一道弯曲的红线，表明他们的路线"从出发地开始，横跨一个大陆，然后越过一个大岛，目的地为另一个岛端"。这是一张典型的矿业地图，没有名字，全是数字。他在脑海里迅速将其译成神州地理，用古代的名字来表示，那就是横跨加拿大，越过格陵兰岛，穿越冰岛，到达目的地苏格兰北端。在地图上，苏格兰为 89 - 72 - 13。

特尔按下一系列的按键，飞机自动飞行。他从座位后面拿出一罐克班欧，咕嘟，倒进罐盖一些，一饮而尽。

"动物，"特尔大声地说，嗓门盖过了飞机的轰鸣，"我打算招募50个人。"

"我想人几乎灭绝了。"

"不，鼠脑。在这个星球的不同角落里，还有一些人。"

"这么说，抓住他们，我们就把他们带到'防御基地'，对吗？"

特尔点点头。"你要帮忙。"

"如果要我帮忙的话，我们最好先谈谈如何办理此事。"

特尔耸耸肩。"很简单。那边山里有个村庄。你看见那个红圈了吗？这是一架战斗机，我们只要冲下去，射出眩晕弹，然后下去捡够我们所要的人数上飞机就行了。"

乔尼看着他说："不。"

特尔狠狠地说，"你可是答应过——"

"我说'不'，是因为你的计划不可行。"

"这些枪可以设置眩晕，而无须使用它们的射杀装置。"

"或许你最好告诉我要这些人做什么。"

"你来教他们开机器呀，我以为你能猜出来的，鼠脑。你不一直在运输所需的机器吗？这计划有问题吗？"

"他们不会合作的。"

特尔皱着眉头思考着。影响力，影响力，他真的不会有影响力了。"我们告诉他们，假如不合作，我们就真的向他们的村子开枪。"

"也许吧。"乔尼说完，哈哈大笑。

这可刺痛了特尔。乔尼向后一靠，看着地图，观察他们的飞行路线。他看到他们正回避一个在英国西南部的矿区，他暗自打赌，特尔一定会选择大海进入苏格兰的。

"为什么不行？"特尔被激怒了。

"如果要我来训练他们，最好由我去抓他们。"

特尔哈哈大笑。"动物，假如你走进村子，他们会把你扎成网眼的。那是自杀！真是个鼠脑！"

"如果你想让我帮忙，"乔尼说着，递过去地图，"你就在这座山上降落，由我自己来走完最后的五英里。"

"然后你要干什么？"

乔尼不想说出他的真实意图。"我去给你抓50个人。"

特尔连连摇头，"太冒险了。我花费一年多的时间来训练你，可不是让你一开始就完蛋的!"马上他意识到自己也许说多了。他疑惑地望着乔尼,心想:动物不一定认为自己有价值。

"见鬼!"特尔说,"好吧,动物,你可以去送死。多一个,少一个动物又有何妨?山在哪儿?"

在离苏格兰南部不远处,特尔把飞机降到了浪尖以上的高度。他们掠过大海,擦着一座悬崖边,驶进陆地,停在了一座山的山脊上,飞机将树木击落了一片。

乔尼打赢了这场赌。特尔果然避开了南边的矿区。

(胡建华 译)

群星，我的归宿

作者：阿尔弗雷德·贝斯特

推荐版本：四川科学技术出版社 2004 年 1 月版

太空探险科幻小说赏析

作者简介

阿尔弗雷德·贝斯特（Alfred Bester，1913～1987），美国科幻大师，现代科幻小说的缔造者之一，世界科幻大奖"雨果奖"第一届得主。

出生于美国纽约的一个犹太人家庭，在人文科学和自然科学，包括心理学方面均受过很好的教育。1939年4月在《惊奇故事》上发表了第一部科幻短篇《被破坏的公理》。1939年到1942年间，贝斯特创作了十几个短篇。1942

阿尔弗雷德·贝斯特

年，贝斯特的创作转到了漫画领域，后来他又转到一家广播电台工作，直到1950年他才又开始偶尔地回到了科幻杂志之中"做客"。这时他已经成了一位成熟的作家。

1951年《银河》杂志的主编戈尔德邀请贝斯特为其撰稿，他们经过长时间的讨论，共同完成了一个长篇的构思，1952年这部作品开始在《银河》上连载，它就是为贝斯特赢得首届雨果奖的《被毁灭的人》。

在《被毁灭的人》之后，贝斯特连续发表了一些引人注目的短篇故事。1956年，贝斯特在英国出版了他的另一部长篇科幻杰作《虎！虎！》。《虎！虎！》1957年在美国出版时改书名为《群星，我的归宿》，它是科幻小说史上少有的几部一流作品之一。20世纪50年代晚期成了一家名叫

《假日》的杂志的资深编辑，在这家杂志一直干到20世纪70年代这家杂志停刊。

代表作有《被肢解的人》、《群星，我的归宿》、《计算机联系》、《被毁灭的人》等。

 **内容预览**

本书描绘了一个人人都可以自由"思动"的未来世界。思动者仅仅依靠自身的潜能，就可以完成在世界各地的思动站之间的瞬间传输。思动的普及所引发的交通工具的价值丧失彻底动摇了包括3颗行星和8颗卫星在内的政治联盟的经济平衡，于是一场旨在争夺由精神控制的超级能量物质的阴谋与厮杀拉开了序幕。

为防范危险分子的侵入，地球上的达官显贵在居所设置了重重的迷宫，而女性则被重新"囚禁"于闺房。为防止罪犯利用思动潜逃，监狱被建在了暗无天日的地缝深处，而精神崩溃的罪犯，则因在方位感丧失的情况下盲目进行"蓝色思动"而形神俱灭，在黑暗世界里爆出"砰砰"的闷响。为仇恨所左右的主人公佛伊尔施展"魔力"迫近他的一个又一个目标，而同时，由神经加速改造者组成的思动防卫队则成了他的极大障碍。以禁欲为根本的宗教走向了可怕的极端，信徒们阉割了自己身上的全部快感与痛苦的神经，成了一具具真正的行尸走肉。

　　《群星，我的归宿》是一部想象瑰丽壮观，情节惊心动魄，同时又发人深思的杰作，在美国一经出版就引起了巨大的轰动。

　　在这本书中，作者采用了旁征博引的叙述方式和意识流的写作手法。书中那个指引佛伊尔走完复仇之旅的熊熊燃烧的幻象，那种由精神力量控制的能量金属，以及佛伊尔那张被科学人"加工"而随时可将愤怒化为可怖的猛虎斑纹的脸，无不充满了耐人寻味的象征意味。50多年来，《群星，我的归宿》一直稳居美国十大必读科幻小说之列。

　　贝斯特擅长在迅速发展的情节中制造鲜明的形象，更擅长以敏锐的眼光透视未来，体察科幻潮流的变化，他是科幻小说的一位革新者，正如一位评论家所说，他虽然基本遵循传统写法，却有着超凡的创造力，他是科幻作家中不可多见的优秀作家，在传统科幻和"新浪潮"乃至"赛伯朋克"之间架起了桥梁。

　　著名科幻作家尼尔·盖曼认为："本书是伟大中最伟大的。"

　　"诺曼"号飞船在太空中失事后，船上的乘员只剩下格列·福伊尔一人。他在死亡之路上已走了近6个月。他的神智已模糊，身体极度虚弱，但他还没有死，是一股生存下去的意识驱使他在挣扎。偶尔他的眼前会出现回光返照的曙光，每当这时，他便会拼命抬起那形同骷髅的头，面对永

恒的宇宙，用尽最后的力气呼唤："救救我吧，你这该死的上帝。"

他生长在 25 世纪，出生于贫民窟，从小就没有受过良好的教育，说话粗鲁。世界上最没价值的就是这种人，然而世界上生存能力最强的反而就是这种人。

他的档案中有这么一段对他的鉴定：

"此人体格粗壮，无雄心，智力低下，精力充沛，是僵化型的普通人。有一定的潜在智能，但需特定的事件来激发，然而心理学家认为目前找不到激发他潜在智能的办法。此人无使用价值，不宜重用。"

"诺曼"号此时正飘浮在木星与火星之间的行星带中。170 天前，不知从哪儿飞来的一枚火箭击中了它，将它炸得四分五裂。只剩下一个框架，连接着残留下来的船头、货舱、乘员舱和甲板。另外还有一个完好的密封舱，它在主甲板的一侧，原先是放工具用的。它宽 4 英尺，长 4 英尺，但高却有 9 英尺，刚好能容他站立。从外表看，它犹如一口铁棺材。600 年前的东方人惩罚罪犯时是将罪犯关进这样的铁笼里，关上几十星期，然而福伊尔却已在这个没有光线的棺材里生活了近 6 个月。

"你是谁？"

"格列·福伊尔。"

"从哪儿来？"

"地球。"

"现在在哪儿？"

"太空。"

"去哪儿？"

"死亡。"

冥冥之中，似乎有人在对他说话。每次他都在回答了对方的问话之后苏醒过来，这次也不例外。

他醒了过来，只觉得心脏跳动得很厉害。这间密封舱内有只氧气袋，他一把抓住氧气袋，可惜里面已没有氧气。他知道得赶紧到外面去搬一个进来，这也意味着他得与死亡搏斗一次。

他接受了死亡的挑战，若不接受，只有等死。

他在密封舱的货架上摸了一件太空服，这件太空服是他与死亡搏斗的工具。170 天前，当那枚火箭击中飞船爆炸时，他本能地想到要抢一件太空服，没有太空服他将窒息而死。此时他穿上了太空服，遗憾的是密封舱内的氧气不够，太空服里灌注的氧气只够维持 5 分钟。换句话说，他只能在舱外停留 5 分钟，必须在这么短的时间里办完要办的事，再返回密封舱。

他打开了舱门，飘进了漆黑的冰封的太空，用手扶着主甲板两边的道壁向装载压舱物的货舱飘去。他不敢太用力，他知道用力过大将会产生自由落体的速度。他终于进了货舱，这时他已用去了 2 分钟。

与所有太空飞船一样，"诺曼"号的货舱里也装满了氧气袋。他花了一分钟从货架上取下一只氧气袋，却没有时间再检查一下氧气袋里是否还有氧气。有好几次他就是这样拼着命去取氧气袋，但结果却是一只空的，于是只好等死。而每当快要死时，冥冥之中的那个声音又会唤醒他，他一醒过来就再拼命去取氧气袋。

这时太空服里出现了一股臭味，他意识到剩下的时间不多了，于是连忙推开货舱的门，拖着氧气袋向门外飘去。此时他的视线开始模糊，浑身在颤抖。但他终于还是凭着顽强的生存信念坚持到了密封舱，飘了进去，关上了舱门。

他赶紧取下头盔，如果再晚一点，他将窒息而死。即使这样，头盔刚取下，他已支持不住，昏了过去。

与以前一样，不知隔了多久，又是那个冥冥之中的声音将他唤醒。他刚刚苏醒，便又开始为生存而挣扎。他伸手在货架上摸索，上面除了放工具外，还有维持他生命的食品，只是所剩无几。他知道还得出去一趟，取些食品来。他重新戴上头盔，推开舱门，进入了真空的世界。他沿主甲板往前移动，找到了一个梯子，然后往上移动，来到了此时已没有舱壁的控制室。

他的右侧是太阳，左侧是星星，由于没有舱壁，他是冷热交加。

可他顾不了这些，赶紧从破损的舱壁处钻了出去，向食品舱移动。移到一半路程时，他看见了一个门框，金属的门板仍没脱落，半挂在门框上。他看了一眼门板，只见上面映出一个怪物，那就是他自己。满脸胡子，双眼失神，脸色憔悴，浑身血迹斑斑。

他进了食品舱，原先食品舱内装有不少罐装食品和袋装食品，此时太空绝对零度的气温早已使罐头变形，里面的食品自然已是不翼而飞。他将袋装食品收集了一些，放进一口大铜锅内，再从破损了的冰箱中取了一个大冰块，也放进铜锅里，然后转身向密封舱移去。经过那扇门时，他下意识地又看了一眼门板，这一看顿时使他停止了移动，他呆呆地看着无垠的太空，5个多月来，外面的星星早已成了他的朋友，他十分熟悉它们的分布和位置，但这一次他发现它们中多了一个外来者。

这个外来者似乎像颗彗星。它没有头，只有一截发亮的短尾巴。他顿时明白，那不是彗星，而是太空船，发亮部分一定是火箭推进器喷出的火光。此时它正朝着太阳飞去，一定会经过他这艘失事的"诺曼"号。

几个月来，他眼前经常出现幻觉，他不敢相信那是真的，以为又是一个幻觉。于是他揉了揉眼，再仔细辨认了一下，与其他星星作了比较。这一次他确信那就是一艘飞船，他相信自己有救了。

他想去控制室发求救信号，但理智告诉他必须先回密封舱吸氧，否则他将永远也见不到自己获救。他进了密封舱，给太空服加满氧气后才回到控制室，按下了求救信号键，电波随即传了出去。他知道，若对方是飞船的话，就一定会收到他的求救信号。对方关掉了发动机，尾部的火光消失了。他明白，对方已收到了他的信号。他的心跳在加快，他知道再过几秒钟他将获救。

"孩子，快来吧！"他喃喃自语。"快点，快过来，我的孩子。"飞船像一颗黑色的大鱼雷缓缓向他逼近，显得那么谨慎。

他心里一惊，以为对方是海盗飞船，但旋即他又放心了。他看见了对方船身上的标志，他熟悉的红蓝双色标志，那是地球普莱斯坦大型工业集团的标志，而他这艘"诺曼"号也是这个集团公司的。他开始兴奋起来，上帝派来了天使。近了，他还看清了船身上的注册编号"伏尔加1339"号。

然而意想不到的是，"伏尔加"号只与他并行了一秒钟就加速飞走了。

天使抛弃了他。

他惊呆了。过了片刻他才回过神来，狠命地按着求救信号键，乞求"伏尔加"号带上他。然而"伏尔加"号没有再理睬他，它无声无息地、冷漠地飞离了他。

短短5秒钟，刚刚出现的生的希望又变成了死的现实。

他愤怒极了，咬牙切齿地说："你居然扔下我不管。你想让我变成一

条死狗烂在太空。'伏尔加'，我要活下去，我要追踪你，我要让你知道扔下我不管的后果。'伏尔加'，我要杀了你，让你烂掉。"

在接下来的两天时间里，他利用每次出舱的 5 分钟时间，寻遍了整个飞船，终于找到了自救的办法。他在太空服的肩膀上固定了一根软管，管子的一头接在头盔上，另一头接在氧气瓶上，由此，他可以离开密封舱自由行动了。

他从事宇航工作已有 10 年，但从不懂怎么驾驶飞船，又是这个"伏尔加"逼着他学会了驾驶技术。导航室内残留下幸存的几台完好的导航仪，他首先逼着自己研究了散落在舱里的各种技术书和密码本，从而学会了操纵飞船。他向外看了看，估计自己离太阳大约有 3 亿英里，他的前方有英仙座、仙女座和双鱼座星群。正前方呈橘黄色的尘团则是木星的外光圈。他调整好方向，朝着木星飞去，他知道在那儿他将获救。

木星本身没有人在上面生存，它的表面是一层冰点以下的甲烷和氨气。但它的 4 个卫星上却有人生存，他们都是星际战争爆发后逃到那儿去的难民。他知道，若他前去，则可能成为他们的战俘，但他更清楚，若想找"伏尔加"算账，那么首先就必须活下来。

他检查了发动机舱，4 台发动机有 1 台仍能工作，燃料箱里液化氢还有不少。他首先修复了燃料箱与发动机之间的供油管。燃料箱在太阳一边，箱内的温度在冰点以上，燃料仍呈液体状态。可惜的是在无重力的太空中，没有压力，液体就不会沿管道流动。要使它从燃料箱流向发动机，他就得首先使"诺曼"号进入螺旋状态。螺旋状态产生的离心力足以使燃料流向发动机，关键是他如何使飞船进入螺旋状态。而要使它进入螺旋状态，首先就得点燃发动机，以便使飞船产生不平衡的推力。面对这二律背反的难题他显得手足无措。他又去翻书，可仍解决不了问题。苦苦思索半天，他终于想出了办法。他用手往发动机里装液化氢。他知道这点燃料是解决不了问题的，但这点燃料足以使发动机进入工作状态，只要它一动，液化氢就会流动，就会源源不断地流向发动机。

装好燃料之后，又出现了点火的难题，太空中无氧，火柴是点不燃的。他试了其他方法，没一样行得通。一急之下，他再次翻开了书本，终于找到了办法。

他从冰箱中取了一块冰，用自己的体温将冰溶化成水，再将水加入发动机，液化氢的比重大于水，水与液化氢不会混合，只是浮在液化氢的表面。干完这事之后，他又去药品舱取了一根银白色的纯钠金属丝，将这根纯钠丝伸进发动机燃烧室，纯钠丝一遇水就产生火花。他看到火花已点燃了液化氢，连忙关上发动机燃烧室盖子。他感到发动机无声地震动了一下，明白点火已成功。

他来不及庆幸自己的成功，立即拼着最后一口气向控制室移动，他要确定飞船的飞行方向，此时飞船还有动力，一旦它偏离轨道，不向木星飞，那么它就会向外太空飞，那他就永远也别想找"伏尔加"算账了。

此时发动机进入工作状态，飞船也产生了重力，他费了很大的劲才移动至控制室下的楼梯口。不巧的是控制室门前的一块大橡胶垫飞了下来，砸在他身上，他顿时失去支撑，沿过道向后舱飞去，撞在后舱壁上，顿时昏了过去。那块重达半吨的橡胶垫覆盖在他身上，尽管他此时还没有断气，但他已无力推开橡胶垫站起来，唯有一股复仇的情绪在支撑着他，使他没有咽下最后一口气。

（赵海虹 译）

2001：太空漫游

图书信息

作者：阿瑟·克拉克

推荐版本：上海人民出版社 2007 年 11 月版

开普勒的梦
Kai Pu Le De Meng

太空探险科幻小说赏析

阿瑟·克拉克

阿瑟·克拉克（Arthur C. Clarke, 1917～2008），英国著名科幻作家、科普作家，同时也是一位科学家，以及国际通讯卫星的奠基人。与阿西莫夫、海因莱因并称"20世纪三大最伟大科幻小说家"。

1917年12月16日，克拉克出生于英格兰西部的一个小城镇萨默塞特郡迈因赫德。1934年加入英国星际协会，1941年进入部队服役，担任雷达技师，参与预警雷达防御系统的研制，为英国皇家空军在不列颠之战中获胜做出了贡献。1943年11月27日，被提拔为空军中尉，以空军上尉军衔退役。

1945年，克拉克在《世界无线电》杂志第10期上发表了一篇具有历史意义的、关于卫星通信的科学设想论文《地球外的中继——卫星能给出全球范围的无线电覆盖吗?》，详细论述了卫星通信的可行性，为今后全球卫星通信奠定了理论基础。战争结束后，克拉克进入大学深造，攻读物理学和数学。1946年退伍，进入伦敦的国王学院，并以优异成绩毕业。1947年，担任英国星际协会主席。1948年，获得物理学学士学位。1949年，担任《科学文摘》（ScienceAbstracts）的助理编辑，直至1951年。自1950年起开始创作科幻作品，1952年成为全职作家。共获得3次雨果奖，3次星

云奖。1986 年被美国科幻与奇幻协会（SFWA）授予终生成就奖——大师奖。

主要科幻作品有《童年的终结》、《城市和星星》、《2001：太空漫游》、《与拉玛相会》、《帝国的土地》、《天堂的喷泉》等。

300 万年以前，地球上还处于一片茫茫黑暗之中。在今天非洲大陆的某个角落里，一个由"望月人"领导的猿人部落在与自然和同类的竞争中顽强地生存着。

一个普通的夜晚，一个明亮的飞行物将一块深黑色的长方体安放到地球上。长方体的表面光滑异常，它的长、宽、高之比是 1∶4∶9，这正是自然数前 3 个数的平方。它具有一种强大的吸引力，将猿人们召集到自己的身旁。"望月人"和他的同伴听从了这个来自外星的长方体的召唤，将自己幼稚的思想和行为袒露无遗。长方体教他们如何改进自己的投掷，以便更好地打击野兽，并灌输给他们成为地球主宰的梦想。

历史来到 21 世纪，人类已经跃出地球，尝试性地踏上其他星球的土地。一天，人类的探险者们竟意外地在月球那荒凉的土层之下发现了一块黑色的长方体。当它被拂去尘土并暴露于月球表面时，它的内部突然爆发出了一阵刺耳的电子声响。为了搞清外星人为什么把一个太阳能装置埋在月球土层的下面，一艘被称为"发现号"的宇宙飞船向着黑石发射电子信息的地方——土星前进。

"发现号"是一艘由"哈尔 9000"型电脑控制的大型探测飞船，但由

右侧竖排文字：2001：太空漫游

— 93 —

于上面的人类成员本不知道自己的使命，而"哈尔9000"又被授权在到达目的地之前掩盖事实真相，结果它的内部逻辑电路因此出现了故障。于是，它开始对值勤的宇航员下了手。宇航员普尔当场身亡，随后"哈尔9000"又杀害了正在冬眠的三名宇航员。另一名宇航员鲍曼则在极端紧急的情况下与"哈尔9000"进行了殊死的搏斗，并成功地拆除了电脑的智能装置。人与电脑的战斗虽然伤亡惨重，但仍然以人的胜利宣告结束。

此时，"发现号"正逐步接近着它的目的地。在土星的卫星"季皮特斯"上，鲍曼又一次亲眼看到了巨大的黑色长方体。正当鲍曼乘坐太空罐试图近距离仔细观察时，太空罐突然向长方体坠落下去。在一瞬之间，空间自身翻转了过来，太空之门被打开了！鲍曼通过它飞向一条充满了星星的通道。

在经过一个巨大的宇宙交通中转站之后，鲍曼终于到达了黑色长方体制造者的家乡。这是一个太阳似的火红星球，就在这巨大"太阳"的中心，鲍曼在一间仿制成地球旅馆的房间中最后一次沉沉地睡去……

当夜，当鲍曼在一场迷离的梦境中回顾了自己和人类的整个历史之后，终于获得了新生。现在，他已经具有无限的智慧和力量，他将为我们的地球和宇宙做出无法估量的贡献。

全书分为四个部分。

第一部分：20世纪90年代中期，在月面发现了磁异常现象，为了调查这种现象，弗洛伊德博士急忙奔向月球。博士一行黎明时到达现场，在

一瞬间开始吸收太阳光线的 T・M・A－1 产生锐利的能量辐射。

第二部分：2001 年，宇航员鲍曼和普尔乘坐勘察者 1 号，飞向土星。飞船穿过小行星带，通过木星表面，再奔向远方。

第三部分：航行计划不能按原来的预想进行。电子计算机卡尔想要隐藏计划的真正目的，独自承担人类的责任，进行一系列的破坏活动。后来普尔和三个冬眠者死去，仅剩下鲍曼一人。

第四部分：鲍曼终于来到了土卫八亚佩特星球上，在亚佩特的表面耸立着星星之门。在接近星星之门的瞬间，那里就变成了通向宇宙彼方的走廊。在遥远的古代，促使人猿进化的高级生物，现在正把人类引向某处。

《2001：太空漫游》出现在黄金时代的后期，它具有完全成熟的表现手法。它是现代科学技术的杰出产品，同时，也是对现代科学技术的直接评价。无论是外星人长方体的介入、人类的科技成就，还是计算机的反叛，都体现出现代科学技术所创造和认识的世界。

这部史诗般的作品场面宏大、气势雄伟，展现出人类的过去、现在以及可能的未来，它与另一位英国作家乔治・奥威尔的《1984》分享硬软科幻最佳作品的宝座。

这部作品后来被电影大师斯坦利・库布里克搬上了电影屏幕。1968 年 4 月 2 日，《2001：太空漫游》在纽约帝国大厦举行了盛大的首映式，成为史上最伟大的电影作品之一。

在过去 3 个月里，鲍曼已经完全适应了他的孤独生活，几乎已经记忆

太空探险科幻小说赏析

不起其他的生活方式了。他已经超越于绝望与希望之外，安居于一种大体上是机械性的日常生活。只是偶尔出现一些危机，那是在"发现号"的这个或那个系统显得有些失常的时候。

然而，他还未能摆脱好奇心，有时候想到他正在驶向的目标，不禁满怀激情和力量。他不仅是全人类的代表，而且他今后几个星期的行动还可能决定着人类的命运。在整个历史上，还不曾发生过类似的情况，他乃是全人类特派的——全权的——使节。

这一想法在许多微妙的方面支持着他。他保持自己衣着外貌的整洁；不论他多么疲劳，从不少刮一次胡子。他知道任务指挥站在密切地注视着他任何不正常行动的最初征兆，他决心使他们毫无所获——至少不让他们看出自己有任何严重的病态。

鲍曼已经觉察到自己行动方式上的某些改变；在当前的情况下不发生任何变化是难以设想的。他不再能忍受沉寂：除了睡觉，或是同地球通话，他总是把飞船的扬声系统开到震耳欲聋的程度。

尽管还在1600多万千米之遥，土星此时已经比在地球上看到的月亮更大。以肉眼观察，土星已极为壮观；通过望远镜看，则更加不可思议。

土星的形体可能被错误地当成处于比较平静状态中的木星。

它也有类似的云环——虽然颜色要淡一些，看起来不那么清晰——也有类似的大面积大气浮动。但是这两颗行星之间有一个明显区别；甚至用肉眼一瞥，也能看出土星不是圆的。它的两极很扁，有时使人觉得它仿佛有些畸形。

然而，土星的辉煌光环不断把鲍曼的视力从行星本身吸引开；光环的复杂细节和缤纷的色彩，使它们本身就像宇宙一样丰富。除了内环和外环

之间的主要鸿沟之外，至少还有 50 种其他的分界或者划分，使土星的巨大光轮在明亮度上有清楚的差别。

就好像围着土星的是几十条同心圈，互相连接，而且都是扁的，仿佛用极薄的纸做成。光圈看起来像件艺术品，或是脆弱的玩具，只宜观赏，不宜摸触。鲍曼无论如何也难以真正体会到土星体积之大；他也很难相信，整个地球如果放在土星上，也不过像一颗轴承滚珠在餐盘上滑动。

有时候，一颗星星飘到土星光环的后面，只不过稍稍减弱一些亮度。星光照常穿过光环的半透明物质，只是在遇有沿轨道旋转的大岩块遮挡时，星星才略微眨一眨眼。

正如早在 19 世纪就已经知道的那样，这些光环并不是坚固的整体；那在力学上讲是不可能的。它们乃是无数万块岩石——可能是一个月球靠得太近，被土星的巨大引力拉碎后留下的残渣。不论其来源如何，人类得以一见总是有幸的；在太阳系的历史上，它可能只是瞬间即逝的现象。

早在 1945 年，一个英国天文学家就已指出，这些光环是暂时的；引力作用不久就将予以毁坏。从这种说法反溯回去，可以推论它们的产生为时也并不很久——不过就在两三百万年以前。

然而，土星光环竟与人类同时产生，对于这一奇特的巧合却还从来不曾有人稍加思考过。

"发现号"这时已深入到土星的分布广泛的卫星体系中间，土星本身也已在前方不到一天的路程之内。飞船早已越过由最外缘的菲比所划定的边界；菲比是沿着距离土星 800 万英里、在一条不正圆的轨道逆转的一颗卫星。前方还有贾庇忒、海庇里昂、泰坦、丽娥、戴恩、铁西斯、安西拉达斯、米玛斯——以及那些光环。

其他的各个卫星都被偶然相碰的彗星砸了许多坑穴——虽然不像火星上那么多——表现出明暗交错的杂乱格局，这里或那里还有些光点，大概是冰冻的气块。只有土卫八有它独特的地形，确实很奇特的地形。

然而，鲍曼在进入土星体系的中心地带时，也顾不上研究土卫八了，因为此行的高潮——"发现号"的最后摄动运转——已经迅速临近。在飞经木星时，飞船曾利用木星引力场来增加自己的速度。现在，飞船必须做相反的事；它必须尽力减速，不然就会逸出太阳系而飞向其他恒星。它现在所走的路线是设计好把它最后圈住，使它成为土星的一个新卫星，让它在一个长达 200 万英里的细长椭圆轨道上反复运行。这个椭圆轨道的近处几乎擦过土星，远处则同土卫八的轨道相遇。

地球上的计算机所发生的情报虽然总是晚 3 小时，但它们都向鲍曼保证一切顺利，速度和高度是正确的；在正式接近前，其他还谈不到。

巨大的光环体系这时横亘在整个天空，飞船已经穿过体系的最外缘。鲍曼高居在约 1 万英里的上方，可以通过望远镜看出光环基本上是冰组成，在阳光中闪闪发光。他好像在一场暴风雪的上空飞行，偶尔在风雪没吹到的地方看到陆地，有时却出乎意料地看到一片夜空和繁星。

"发现号"到达离土星更近的地方时，太阳已落向多条光环所组成的弧圈。光环这时像是横跨天际的一条细长银桥；虽然光环很稀薄，只能使阳光微微有点减弱，但它们上面成万颗晶体却把阳光折射成使人眼花缭乱的爆花烟火。当太阳移到这成千英里宽的轨道冰流后边时，寒冰的幻影交叉移过天际，使整个天空形成一片游动的焰火。最后，太阳落到光环的下边，好像穿越一重重拱门，漫天的烟火也就消失。

过不多久，飞船就拐进土星的暗影中，擦过时几乎触及土星的背阳

面。飞船上方闪耀着繁星和光环，下方则是依稀可见的云海。这里没有在木星的夜空中闪现的那种神秘的闪光花饰；大概是因为土星太冷，难以显现那样的光彩。斑驳的云彩只是在旋转着的冰山反射出的光芒中依稀可辨。但是，在圆弧的正中出现宽宽的一段黑色裂痕，好像一座大桥缺了一条钢梁，这是土星影子落在光环上造成的。

同地球的无线电联系已经中断，只有飞船从土星的巨大背影中钻出来时才能恢复。还好，鲍曼忙得还顾不上考虑这突然之间更加孤独的环境；因为在此后的几小时内，每一秒钟都要用来检查已经由地球上的计算机编好程序的减速操作。

经过多少个月的闲置，主要的喷气推进器开始排出长达若干英里的等离子热流。控制台失重的环境暂时恢复了引力。"发现号"好像一轮小小的烈日划过土星的长夜；这时，在几百英里下方的甲烷云和氨冰都燃烧起来，放出从来没有过的光辉。

晨曦终于出现，速度逐渐减慢的飞船重又进入白昼。它现在已逃离不开太阳，甚至也逃不出土星的引力——但它的速度还大得足以避开土星，飞出去擦过 200 万英里之外的土卫八轨道。

"发现号"要用 14 天的时间才能完成往上飞的航程，沿着相反的方向——擦过土星内层各个卫星的轨道。它们依次是米玛斯、安西拉达斯、铁西斯、戴恩、丽娥、泰坦、海庇里昂……都是以男女神仙的名字命名的；用宇宙中的时间概念衡量，希腊神话中的这些角色不过是昨天才成仙得道的。

然后，飞船将与土卫八相遇，并与之会合。如果不成功，它又将坠向土星，无穷尽地沿着椭圆轨道旋转，每转一圈是 28 天。

如果"发现号"这次会合不成功，就不会再有第二次机会。

因为在下一圈，土卫八就会远远离开，几乎转到土星的另一面去了。

当然，在两条轨道第二次相交时，飞船和卫星是会相遇的。

但下次约会的时间要在许多年月之后，鲍曼知道他无论如何是不会活着看见的。

"发现号"在越来越慢地飞向同土卫八不可避免的会合；鲍曼看着土卫八越来越大，不禁觉察到自己有一种不自在的感觉。

在他的谈话中——或者说，在他不停顿的评论中——他从来没对任务指挥站讲过他的这种感觉，以免显得他好像已经在胡思乱想。

或者他确已在胡思乱想；因为他已使自己在很大程度上相信，那颗卫星上黑暗背景衬托出来的椭圆光点是一只巨大的、空洞的眼睛，在他逼近时正瞪着他。那眼睛里没有眼珠，因为他看不到那一片空白里有任何东西。

后来飞船只有5万英里远了，土卫八比地球上的月亮看上去要大2倍，直到这时候鲍曼才注意到那椭圆正中的小黑点。但这时他已没时间仔细观察；他必须开始接近终点的操作。

"发现号"的主要推进器最后一次排掉能量。濒死的原子最后一次把白炽的怒火撒向土星的那些月球。对于大卫鲍曼来说，喷气发动机的低吟和增长的推力引起他的一阵自豪感——以及一阵悲伤。这些卓越的引擎已经完成任务，毫无差错，效率很高。

依靠它们，飞船从地球到达木星和土星；现在是它们最后一次运转了。"发现号"把燃料箱放空时，它将像任何彗星或小行星一样无依无靠，毫无生气，成为引力的软弱俘虏。就是在几年后救援船来到时，如果给它

重加燃料，让它挣扎着飞回地球，那在经济上也不合算。它将永久沿着轨道运行，作为早期星际探险的一件纪念品。

几千英里的距离缩短到几百英里，接着，燃料计上的指针也迅速转向零。在控制台的仪表盘前，鲍曼的双眼焦急地左右扫视，观察着情况变化，观察着他为了作出及时决定必须参照的图表。如果活到今天，竟因为缺少几斤燃料不能同土卫八会合，那就是太扫兴了……

喷气推进器的呼啸声消失，主要推进器停止运转，只剩下小喷嘴继续轻轻推操着"发现号"进入轨道。土卫八这时像一弯新月充斥天际；以前鲍曼一直把它看做是微不足道的星体——它同土星相比也确实微不足道。土卫八这时吓人地耸立在前上方，显得硕大无比——像只宇宙大锤就要打在很像一只核桃的"发现号"上。

土卫八迎面而来的速度很慢，简直像是停止不动，所以说不上什么时候它已从一个天体变成只在下面 50 英里的一片山水。

小喷嘴恪尽职责地最后推操着，然后永久关闭了。飞船已经进入最后的轨道，以仅仅每小时 800 英里的速度，每三小时转一圈——这个速度在这个弱引力场已经足够了。

"发现号"变成了一颗土星的卫星。

"我现在又进入白日的一面，同我上一次转过来时所报告的一样。这个地方似乎只有两种地表物质。黑的看起来像是烧焦了的，几乎像木炭，而且从望远镜里判断，结构也像木炭。说实在的，它颇使我联想到烤焦了的面包……

"白的地方，我还解释不出。它有绝对明确的界限，它的表面却看不清楚。它甚至可能是液体的——表面保持着相当的水平。我不知道你们从我发回的录像中得到什么印象，但如果你把它当成冰冻的牛奶海洋，你就把握住了准确的概念。

"它甚至也可能是某种很重的气体——不，我想那是不可能的。有时候我感觉它是在移动，十分缓慢；但我一点也不能肯定。

……我又到了白区上空，这是第三转了。这一次，我希望能够靠近我刚进入轨道时在它中心发现的标记。如果我的计算不错，我应该离它不超过五十英里——不论它是个什么东西。

……对，前方确实有个什么东西，正好是在我计算出来的地点。它已经出现在地平线上——土星也出现在地平线上，几乎在天空中的同一周相。我现在得使用望远镜……

"嘿！——它看起来好像个建筑物——是全黑的——不容易看清楚。没有窗户，也没有其他的表面标志。就是那么一个直立的大板块一连这么老远都看得见，它起码应该有一英里高。它使我联想到——对啦！跟你们在月球上发现的那东西一个样！这是 T. M. A. —1 的大哥！"

（郝明义 译）

繁星若尘

 图书信息

作者：艾萨克·阿西莫夫

推荐版本：天地出版社 2005 年 12 月版

作者简介

艾萨克·阿西莫夫

艾萨克·阿西莫夫（Isaac Asimov，1920～1992），当代美国最著名的科幻大师、世界顶尖级科幻小说作家、文学评论家、美国科幻小说黄金时代的代表人物之一、20世纪最顶尖的科幻小说家之一。

1920年1月2日出生在俄国的彼得格勒，3岁时举家迁往美国，5年后取得美国国籍。阿西莫夫从小喜欢读书，他6岁时父亲就在市立图书馆给他领了一张借书证，同时，也开始接受美国的正规教育。10岁起他就开始在父亲的糖果店里工作。1939年，阿西莫夫获得了哥伦比亚学士学位，1941年他又获得文学硕士。二战中阿西莫夫曾入伍服役，战后于1948年获得博士学位，并进入大学教书。从1958年开始，阿西莫夫成为专业作家。一生中创作了467部作品，涉及数学、天文学、地球科学、化学和生物化学、物理学、生物学、历史、文学、科幻等诸多领域，并多次获得雨果奖和星云奖。

代表作有《我，机器人》、《基地》系列、《钢窟》系列、《赤裸太阳》等。

内容预览

在地球核爆之后的1000年，地球人向星际移民，在银河间建立了数以万计的殖民行星。所有这些大大小小的行星邦国间，同样上演着合纵与连横、统治与反抗，一个扣着一个的阴谋、策略、诡诈和暗盘的情节。

年轻的拜伦·法里尔王子——天雾星未来的牧主，在地球学习期间险遭核辐射。他的父亲怀德莫斯牧主落入凶残的泰伦人手中，身临险境。为了躲避追杀，拜伦在懵懂中踏上太空飞船开始了星际逃亡之路。同时，他还得寻找一份神秘的文件，以便解放整个银河系，让每个行星都能自由选择领袖。

繁星若尘，瑰丽、奇幻的银河隐隐浮现出阴谋的影子，浩瀚的太空中涌动着权利与统治、科技与发展、阴谋与爱情的纷繁争斗。被强权的泰伦人统治下的各星际人民不甘奴役，自发地团结起来准备推翻泰伦人的统治。在分秒必争的时间里，拜伦急需找到神秘文件，并阻止反叛军挑起全世界的战斗。经过重重艰险，拜伦终于完成了使命，并与心爱的姑娘阿蒂米西亚成婚。

品评赏析

《繁星若尘》是阿西莫夫"银河帝国"系列中，故事年代最早的一部，在这部小说里，人类还处于星际战国时代，银河帝国及其前身"川陀王国"皆尚未出现。

在表面上惊悚的太空追逐中，作者充分展露了他化科学知识于情节中的技巧。在整本书中，作者不仅介绍了如何在太空中逃命，而且对太空旅行、超光速跃迁、星际探险，甚至天体力学等方面的内容也有着精彩阐述。

精彩选读

这个戏剧性的场面原封不动地保持了一会儿，林根星君主又点燃一支卷烟，他显得悠哉游哉，十分平静。吉尔布雷特缩在驾驶员座里，一张走了形的脸，好像就要号啕大哭似的。驾驶员座应力吸收装置的柔软保险带在他周围悬挂着，摇摇晃晃，更增添了一种阴郁的气氛。

拜伦的脸像纸一样煞白，拳头紧捏，瞪着林根星君主；而阿蒂米西亚，她那小小的鼻孔在盛怒之下张开着，她眼睛并不朝林根星君主看，而只是盯着拜伦。

视听两用无线电通讯装置里传来信号，柔和的滴答声在小小的驾驶舱里听来就跟响锣一般。

吉尔布雷特猛一下直起腰来，然后在座椅上急速转过身子。

林根星君主懒洋洋地说："看来我们比预想的健谈多了。我告诉过里采特，一小时后我还不回去就来接我。"

里采特那灰白的头出现在显像屏上，吉尔布雷特对林根星君主说："他要和你说话。"接着，他给君主让出位置。

林根星君主从自己的座椅上站起身，向前走了几步，使他自己处于图像发送区内。他说："我平安无事，里采特。"

显像屏上那人的提问清晰可闻，"巡航舰上机务人员是谁？先生。"

拜伦突然站到林根星君主身旁。"我是怀德莫斯的牧场主。"他骄傲地说。

里采特高兴而豪爽地笑了。屏幕上显现出一只手，有力地行了个礼。"向您致敬，先生。"

林根星君主打断说："我马上同一位年轻的小姐一起回来，准备对接过渡舱。"说着，他关掉了两船之间的图像通讯联系。

他扭头对拜伦说："我向他们提到过是你在飞船上，要不然，有人就会反对我单枪匹马来这里。你父亲在我部下的心目中是很有威望的。"

"这就是你可以利用我名字的道理。"

君主耸耸肩膀。

拜伦说："你所能利用的也仅此而已，你对你部下说的最后一句话是不正确的。"

"何以见得？"

"阿蒂米西亚·奥·欣里亚德留着跟我在一起。"

"在我已经把事实真相告诉你之后，你还要留下她？"

拜伦厉声说道："你什么也没告诉我，你的话是无中生有，我不可能把这种毫无根据的话信以为真。把这告诉你并非我想耍手腕，希望你能明白这一点。"

"你对欣里克竟了解到这种程度，似乎我的话对你天生就是不可置信的吗？"

拜伦愕然了，看得出来，这话显然触到了他的痛处。他一言不发。

阿蒂米西亚说："我认为不会有那种事，你拿得出证据吗？"

太
空
探
险
科
幻
小
说
赏
析

"当然，没有直接的证据，我从来没有参加过你父亲和泰伦人之间的会晤。可是我能拿出一些已知的事实，供你自己作出判断。首先，6个月前，老怀德莫斯牧场主拜访了欣里克，这个我已经提起过。这里，我要补充的是：工作中他有点过分热心，或者说，他对欣里克的判断力估计过高。不管怎样，他说了不该说的话。吉尔布雷特老爷可以证明这一点。"

吉尔布雷特痛苦地点点头，他转向阿蒂米西亚。阿蒂米西亚早已朝他看去，眼睛里饱含泪水和愤怒。"我很伤心，阿塔，可这是真的。我告诉过你，我是从怀德莫斯那里听说君主的。"

林根星君主说："我本人很幸运，因为吉尔布雷特老爷研制了那种长耳朵机器，他以此来满足他对罗地亚星总督正式会客的强烈好奇心。吉尔布雷特第一次同我接触时，就在完全无意之中警告了我有危险存在。我便尽快离去，但是，损失显然已经造成。

"现在，就我们所知，这是你父亲唯一的一次失足。而欣里克，显然根本不具备作为一个顶天立地无所畏惧的大丈夫所具有的那种令人羡慕的声望。你父亲，法里尔，是在半年后被捕的，要不是因为欣里克，因为这姑娘的父亲的缘故。又怎么会发生这种事呢？"

拜伦说："你没有警告他？"

"干我们这行得自己相机行事，法里尔，不过，他还是得到过警告的。自那以后，他就再也没有与我们当中的任何人进行过哪怕是非常间接的联系，而且他还毁掉了一切表明我们之间有联系的证据。我们当中有些人相信，他应该离开星云天区，或者，至少得避一避，但他拒绝这样做。

"我想我明白其中的道理。改变他的生活方式将会证明泰伦人已经了解到的东西是确凿无疑的，这样就会危及整个行动。他决定只用他自己的

生命去冒险。所以，他一直处于暴露状态。

"泰伦人等待了将近半年，想等待我们暴露。他们这些泰伦人很有耐心，可谁也没有上钩。因此，当他们再也等不下去时，他们发现，网里除了你父亲以外没有别的人。"

"谎言。"阿蒂米西亚喊道，"无耻的谎言。这是一个自以为得计的、伪善的谎言，里面丝毫没有一点事实。假如你说的全是事实，那么，他们也会监视你。你自己也会处于危险之中，你就不会坐在这里嬉皮笑脸地浪费时间。"

"小姐，我并没浪费时间。我已经尽我所能使他们不再把你父亲当作一个情报来源。我想，我多少已经取得了一些成绩。泰伦人一定会考虑他们是否还应该再听一位其女儿和堂兄弟显然是叛国分子的人的话。那以后，要是他们还愿意信任他的话，哎！那我就该隐入星云，在那里，他们找不到我。我有理由认为，我们的行动只能有助于证明我的话是确实的，而决不是其他。"

拜伦深深地吸了一口气，说："我们的会面可以考虑结束了，琼迪。我们已达成一定程度的协议，那就是说：我们将陪你去星云，而你将承诺向我们提供所需要的给养，这就行了。权当你刚才说的话都是确凿无疑的，那也仍然不足为训。因为罗地亚星总督犯下的罪过是不该让他女儿来承担的。如果阿蒂米西亚·奥·欣里亚德小姐本人同意，她还是跟我留在这里。"

"我留下。"阿蒂米西亚说。

"好。我想一切都解决了。我顺便提醒你，你带着武器；我也带着。你的飞船也许是战斗飞舰；我的则是泰伦人的巡航飞舰。"

"别傻了，法里尔。我是一片好心。你愿意这姑娘留在这里？那好吧。我可以通过对接过渡舱离开吗？"

拜伦点点头。"我们会给予你这种程度的信任的。"

两艘飞船靠得越来越近，直到密封过渡舱的伸缩部各自向对方伸去。他们小心翼翼、徐徐接近，想使过渡舱紧密接合。

吉尔布雷特挂断无线电通讯机。"两分钟后，他们将试着再对接一次。"他说。

已经激发过三次磁场，延伸管每次向对方伸展都对不准中心，两臂之间留出一个月牙状空隙。

"两分钟后。"拜伦重复了一句，紧张地等待着。

只听得喀喀一响，数秒之间，磁场第四次激发出来。由于发动机动力的突然大量消耗，飞船上的灯光也变得昏暗下来。密封过渡舱的延伸部再次伸出，勉强维持着稳定，而后是一下无声无息的撞击，撞击产生的振动嗡地传进驾驶舱，延伸部确实到位，卡箍自动锁紧。过渡舱之间完成了气密对接。

拜伦用手背慢慢擦了下额头，紧张的心情消散了一些。

"请吧。"拜伦说。

林根星君主拾起太空服，太空服下面的地上还有一层薄薄的水汽。

"谢谢，"他高兴地说，"我的一位军官马上就来。你可以和他具体研究给养问题。"

林根星君主走了。

拜伦说："吉尔，帮我接待一下琼迪派来的军官。他进来后，把对接的过渡舱分离。你只要撤去磁场就行了，你可以闪动这个光子开关。"

他转身走出驾驶舱。此刻，他需要单独待一会儿，他需要有时间好好思考思考。

然而，背后却传来急促的脚步声和柔和的话语声，他站住脚。

"拜伦，"阿蒂米西亚说，"我有话要对你说。"

他转过脸对着她。"阿塔，你要不介意的话，等会儿行吗？"

她抬头急切地注视着他："不，现在。"

她双臂保持着一种似乎是想要去拥抱他的姿态，但又不能肯定他是否会接受她的拥抱。她说："他说的那些关于我父亲的话你不会相信的吧？"

"他的话对我不起任何作用。"拜伦说。

"拜伦，"她欲言又止。对她来说，此话难以出口。于是她再次鼓起勇气说："拜伦，我知道，我们两人之间发生的事是因为我们彼此都很孤单，而且又在一起共度患难，但是……"她又停住不说了。

拜伦说："如果你是想要说，你是个欣里亚德家族的人，阿塔，那是没有必要的，我明白这一点。往后，我对你不会有任何约束。"

"不，哦，不。"她一把抓住他的胳膊，脸颊紧贴他结实的肩膀，急速地讲起来。"完全不是这么回事。这和欣里亚德以及怀德莫斯毫无关系。我——爱你，拜伦。"

她的目光往上看去，与他的相遇在一起。"我想你会承认这一点的。如果我先前就这么说过，那么，你也许现在就承认。你对林根星君主说过，你不会拿我父亲的行为来责难我。那么，也不要使我父亲的地位来责难我吧。"

这时，她的双臂搂着他的脖子。他们的身子贴得是那样紧，他们的嘴唇是挨得那样近：拜伦可以感觉到她呼吸的温暖。他的双手缓缓抬起，轻

太空探险科幻小说赏析

轻地抓住她的胳膊，轻轻地扯开她的双臂，接着，也是轻轻地，从她怀里抽出身来。

他说："我并没有和欣里亚德人和解，小姐。"

她大吃一惊。"你对林根星君主说过……"

他转过脸去。"对不起，阿塔。别管我对林根星君主说了些什么。"

她想要大声疾呼，这一切不是真的，她父亲没有干过这种事，无论如何也——

但是，他转身走进卧舱，让她一个人站在走廊上，她的眼里充满着受到伤害和羞辱的神情。

（叶李华 译）

冰霜与烈火

作者：雷·布拉德伯雷

推荐版本：海峡文艺出版社 2002 年 3 月版

太空探险科幻小说赏析

作者简介

雷·布拉德伯雷

雷·布拉德伯雷（Ray Bradbury），1920年出生于美国伊利诺伊州的沃基甘，从小爱读冒险故事和幻想小说，尤其喜爱根斯巴克主编的《奇异故事》。12岁时开始练习写作，1943年起当专业作家，3年后获得"最佳美国短篇小说奖"。主要以短篇小说著称，迄今已出版短篇小说集近20部。

布拉德伯雷不仅是著名的科幻小说家，而且还是当代美国文学中数一数二的文法家，他的短篇小说几乎已译成全世界的文字。除了写科学小说外，他还写剧本和社会小说，曾把美国古典文学名著麦尔维尔的《白鲸》改编成电影剧本。他本人也从古典文学中吸收营养。他自称之所以写科幻小说，主要是为了让自己的想象力有更广阔的天地可以驰骋，不受空间和时间的限制。他的作品简洁流畅，形象丰富，描写生动。

代表作有《火星纪事》、《太阳的金苹果》、《R代表火箭》、《明天午夜》等。

一支宇宙探险队来到一个离太阳最近的星球上，在那里，人的生命只有8天，"生产快得像刀切一样，童年一眨眼就过去了，青春像个闪电，成年是个短梦，壮年是个幻觉，老年却是个奇快无比的现实，死亡是个迅速来临的必然"，但没有人思考如何逃离这个星球。正因为人的一切生理变化无限加快，因此主人公西穆在他新生的小脑袋瓜里便开始涌现关于生命、死亡、枯萎和发疯的问题，并最终想尽办法拯救了整个星球上的人。

《冰霜与烈火》又被译为《霜与火》，比较全面地反映了布拉德伯雷的风格特色，表现了作者描写幻想世界的才能，被评论家称赞为宇宙冒险故事的经典之作。

在这个小短篇中，作者用诗意的语言描述了星球上异常恶劣的环境、人们的遭遇以及人性。布拉德伯雷的作品中常常出现这类噩梦似的情景影射残酷的现实，但正当你对生活感到绝望时，又往往会突然发生新的转机，这反映了作者的一种哲学思想：他认为人生无常，命途多舛，既可能乐极生悲，也可能绝处逢生。

英国著名作家金斯莱·艾米斯说布拉德伯雷是最有才华的科幻作家。美国著名文艺评论家伊哈布·哈桑称赞布拉德伯雷的创作富于诗意，但说他的作品中略带伤感主义色彩，往往通过幻想故事隐射社会现实，提醒人们提防那些能够避免也必须避免的危险。

 精彩选读

他的四分之一的生命已经消逝了。孩提时期已经过去。他现在是个少年了！夜，山谷里大雨倾盆。他看着山谷里出现了新的河道，一直流过那金属飞船所在的那座山。他把这个知识存储起来，以备日后应用。每天晚上出现一条新的河道，一条新冲刷出来的河床。

"山谷那边是什么？"西穆心里纳闷。

"没有人去过，"小黑解释道，"要想爬过山到平原去的人不是给冻死就是烧死了。我们所到的地方都只是半小时奔跑的距离。半小时去，半小时回。"

"那么没有人到过那金属飞船？"

小黑一撇嘴。"那些科学家，他们试过。都是些傻瓜。他们不知道知难而退。没有用，太远了。"

科学家，这名字使他心中激动。他几乎已经忘记了他生前生后所梦见的景象。他的口气很殷切："科学家在哪里？"

小黑掉转脸，不去看他。"我知道也不告诉你。他们会杀死你，做实验！我不要你去参加他们。爱惜你的生命，别为了到山上那个破玩意儿去而牺牲生命。"

"那么我会向别人打听他们是从哪儿来的！"

"没有人会告诉你！他们憎恨科学家。你得靠你自己的力量去找他们。找到了又怎样呢？你能救我们吗？好吧，你救我们吧，傻小子！"她一脸

不高兴。她的生命有一半已经过去了。

"我们不能这样坐着,光说话吃饭,"他抗议道,"别的什么也不做,"他跳了起来。

"你去找他们吧!"她悻悻地反驳,"他们会帮你忘记的。是啊,是啊。"她一不小心全说了出来,"帮你忘记你再过几天你的生命就要完了!"

西穆在地道里到处找。有时候他当真以为已经弄清楚了科学家是在哪里,但是当他向旁边的人打听到科学家所在的洞穴怎么走法时,大家的一阵愤怒的口答,把他反而弄糊涂了。说起来就是这些科学家不好,把他们送到这个要不得的星球上来!西穆在大家咒骂交加下,只好缩起了脖子。

他就悄悄地到一个中央大洞里,同别的孩子们坐在一起,听大人说话。这是上课的时间,也叫讲话的时间。不管他多么急不可耐,尽管生命迅速消逝,死亡像颗黑色的管星一样迅即降临,他还是知道他需要知识。今天是上课的夜里,但是他坐的不安稳,生命只有 5 天了。

奇昂坐在西穆的对面,他的嘴唇很薄,脸色傲慢。

莱特出现在他们两个之间。刚过了几小时,她已长得亭亭玉立。她的头发更有光泽了。她微笑地坐在西穆身旁,不去理会奇昂。奇昂就神态不自然起来,不再吃东西。

屋子里话声不断,麻麻啪啪,像心跳一样快,一分钟要说上 1000 个、2000 个字。西穆如饥似渴地学习着。他虽然没有闭上眼睛,却好似进了梦境一般,人感到懒洋洋的,朦朦胧胧的,几乎像在娘胎里那样。他隐隐约约地听到了话声,这些话声在他的脑海里织成了知识的锦缎。

他梦见了没有岩石的绿草如茵的草地,迎着晨曦走去,没有彻骨的寒冷,也没有炙人的炎热。他走在绿油油的草地上。头上飞过金属飞船,空中气温固定不变。什么事情都很慢，很慢，很慢。

需要 100 天、200 天、5000 天才长大的大树上停着飞鸟。什么都停在它们原来的地位上，小鸟并没有因为阳光的照射而不安地扑翅，树木也并没有因为阳光的倾注而枯萎。

在这个梦境里，人们走路悠闲自在，从来不跑，他们的心律平匀，不快不慢。青草常在，不会在一把烈火中烧掉。梦中的人说的总是明天的生活，不是明天的死亡。这梦境是这么熟悉，当有人握住他的手时，他还以为这也是梦境呢。

莱特的手放在他的手心里。"做梦吗？"她问道。

"是的。"

"什么事情都有东西抵消的。为了抵消我们生命的不公平，我们的头脑常常会回到想象中去，到那里去寻找值得一看的好东西。"

他不断地拍着石头地板。"这样仍旧不公平！我痛恨！这反而使我想到世界上有别的好东西，我却不能享受到！为什么不干脆让我们什么都不知道！为什么我们不能浑浑噩噩地活着，浑浑噩噩地死去，不知道这种生活是不正常的？"他的半张半闭的嘴里喘着粗气。

"什么事情都有个目标，"莱特说，"这给了我们目标，使我们努力想办法找到一条出路。"

他的眼睛发出炽热的光，"我很慢很慢地爬上了一个长满青草的小山。"他说。

"是我一小时爬过的小青山吗？"她问。

"也许是。很像。梦境比现实要好。"他眨一眨眼，又细眯着。"我观察了梦里的人，他们不是老在吃东西。"

"也不讲话？"

"也不讲话。而我们却老是在吃东西，老是在讲话。有时，梦境里的人就是闭着眼睛躺在那里，一动也不动。"

在莱特看着他的时候，一件可怕的事情发生了。他觉得她的脸黑了起来，有了皱纹，呈了老态。她两鬓发白，眼睛失掉了色泽，眼角尽是折子。她的牙齿掉了，嘴唇干瘪，纤细的手指像焦炭一样挂在枯萎的手腕上。就在他看着的时候，她的姿色已经消失，他吓得抱住她几乎要叫了出来，因为他以为自己的手也枯萎了，他拼命忍着才没有惊叫出声。

"怎么回事，西穆？"

一听到这话他嘴里的唾沫就干了。

"只有 5 天了……"

"科学家。"

西穆一惊。谁在说话？在昏暗的光线中有个高个子在讲话。"科学家把我们送到这个星球上来紧急着陆，到现在已经糟踏了无数的生命和时间。没有用。没有用。让他们去，可是别把你们的时间给他们。你们要记得，人生只有一遭。"

这些可恨的科学家在哪里？现在，在学习时间、讲话时间以后。他准备去找他们。现在，他至少知道了足够的情况，可以为自由，为飞船而努力了下。

"西穆，你到哪里去？"

但西穆已经走了。他奔跑的脚步声消失在一条已经磨得很光滑的石头地道中。

看来已经有半夜功夫给浪费掉了。他摸了十几条死胡同，多次遭到年轻人的袭击，要他的精力延长他们的寿命。他们的迷信叫喊在他身后追逐着。他们的指甲在他身上留下了抓痕。

可是他找到了他的目标。

在悬崖深处的一个玄武岩的小洞穴里有 6 个人，他们面前的桌上放着一些西穆虽然不熟悉却打动了他心弦的东西。

科学家们是分批工作的。老的几个做重要的工作，年轻的人一边学一边问，他们的脚下还有 3 个小孩。他们是一个过程的几个阶段。每隔八天就有一批新的科学家在研究一个问题。完成的工作量很不够。他们刚刚到达创造性阶段，人就老了，要死了。每个人有创造成果的时间实际上只有整个生命中的 12 个小时。3/4 的生命用在学习上，接着有短短的一段有创造力的时期，然后就衰老，昏聩，死亡。

西穆进去时，他们回过头来看他。

"难道我们添了一个新手？"他们中间年纪最大的一个问。

"我不相信，"一个年轻些的说。"把他赶出去。他可能是战争贩子。"

"不要那样，不要那样，"年老的说，光着脚丫子向西穆走了过来。"进来吧，孩子，进来吧。"他的眼光友善，缓慢，不像悬崖上面那些急躁的人。灰色的眼珠，神态安详。"你想干什么？"

西穆迟疑了一下，低下头，不敢正视那安详温和的眼光。"我要活下去，"他轻声说。

那个老头儿轻轻地笑了。他摸一下西穆的肩膀。"你是新的人神吗？还是你病了？"他一半认真，一半开玩笑地问西穆。"你为什么不去玩？你为什么不做准备迎接你恋爱、结婚、生儿育女的阶段？你不知道到了明天晚上你就长大了吗？你不知道要是不加珍惜，你就会错过这一辈子的生活

乐趣吗?"他停了下来。

西穆听到一个问题,就眨巴一下眼睛。他看一眼桌子上的仪器。"我不应该来这里吗?"他问。

"当然,"老头儿大声说,声音严厉。"但是你来了,这真是奇迹。我们已有1000天没有从群众中间来的志愿人员了。我们只好自己孕育科学家,结果成了世代家传!你数一数,我们只有六个人!三个孩子!不算多吧?"老头儿向石头地上吐了一口唾沫。"我们征求志愿人员,大家却回答:'去找别人吧!'或者'我们没有时间!'你知道他们为什么这样说吗?"

"不知道。"西穆退缩了一下。

"因为他们自私。是啊,他们要活得长寿一些,但是他们知道,他们不论干什么都不能保证自己的生命能延长一些。他们可能为他们将来的后代保证生命延长一些。但是他们不肯放弃寻欢作乐,放弃他们短暂的青春,连一次日落或日出的时间都不肯放弃!"

西穆靠在桌边,认真地说:"我明白。"

"你明白吗?"老头儿呆呆地望着他说。他叹口气,轻轻地拍一下这孩子的手臂。"是啊,你当然明白。现在已经不太有人明白这道理了。你是个例外。"

别的人上来把西穆和老头儿团团围住。

"我叫迪恩克。明天晚上科特就要来代替我。那时我就死了。再过一个晚上,又有别人来代替科特,接着就是你,如果你肯努力,并有信心的话,但是首先,我给你一个机会。你如果愿意,可以回到你的游伴那里去。你有爱人吗?回到她那里去。生命是短促的。为什么要你为未来的后

冰霜与烈火

— 121 —

代操心？你有享受青春的权利。如果你愿意，马上可以走。因为如果你留下来，你就没有时间干别的，只有不断的工作，老死在工作岗位上。但是这工作是有意义的。怎么样？"

西穆看了一眼地道。远处刮着大风，传来了烧东西的香味，赤脚的走动声，年轻人的笑声，这都是很好听的声音。但是他不耐烦地摇一摇头，眼睛润湿。

"我要留下来，"他说。

（董乐山 译）

索拉利斯星

图书信息

作者：斯坦尼斯拉夫·莱姆

推荐版本：四川科技出版社 2003 年 9 月版

太空探险科幻小说赏析

作者简介

斯坦尼斯拉夫·莱姆

斯坦尼斯拉夫·莱姆（Stanislaw Lem，1921～2006），波兰最伟大的科幻作家，也是欧洲最负盛名、最有才华和最多产的科幻作家之一。

出生于原波属西乌克兰的一个医生家庭，自幼便喜欢读书，二战期间参加过波兰地下抵抗运动，曾当过汽车技工。二战结束后，进入亚基叶夫大学医学系学习，对控制论、数学、哲学等领域均有涉猎，1948年取得医学博士学位。毕业后弃医从文，坚持科幻小说的创作。

大学期间，莱姆发表了小说《火星使命》，为他赢得了最初的声誉。1951年又以被自己称为"纯科学幻想"的作品《金星无反应》，一跃成为读者爱戴的作家。1955年发表了《麦哲伦星云》并被授予金质十字勋章。1959年被授予波兰军官十字勋章。1973年获波兰人民共和国国家文学奖金。

莱姆还是波兰宇航协会的创始人，波兰控制论协会会员，美国俄亥俄州伍斯特大学科幻小说研究会顾问。在文学方面，他除了写科幻小说外，还发表了不少电影剧本、哲学著作、文艺评论乃至滑稽故事

和讽刺小品。其著作被译成了 41 种语言，发行量超过 2700 万册。

代表作有《星空归来》、《索拉利斯星》、《不可战胜的人》、《完美的真空》等。

在未来的某个年代，人类对一颗名叫"索拉利斯"的神秘行星，已经做了大量研究，有一个空间站一直围绕着该行星运行。近来空间站内发生了许多怪事，在站长的强烈要求下，心理学家凯文博士来到了空间站。但当他到达时，站长已经自杀，两名成员则言辞闪烁，行为乖张。凯文一再追问到底发生了什么事，这些人都吞吞吐吐不肯说。

入夜，凯文博士在空间站中自己的房间里睡觉。他梦见了已经死去多年的妻子瑞亚，梦见他们第一次相见、后来相识、相爱的那些美好时光……忽然，美丽的瑞亚真的出现在他的身边，与他同床共枕！

瑞亚这样的访客究竟从何而来呢？根源似乎在神秘的索拉利斯行星上。这颗行星可能自身就是一个巨大的智能生物，它表面那变幻莫测的"灵性海洋"，似有超乎地球人类想象的能力，它可以让空间站成员记忆中的景象化为真实——到底什么是真实，至此也说不清了。

现在的问题是，如何对待瑞亚这样的访客（空间站其他成员也有类似遭遇）？

凯文博士一开始是恐惧，然后他将瑞亚骗进一个小型火箭中，将她发射到太空中去了。但是，当晚瑞亚再次来到他身边时，他改变了态度——毕竟他心里还是爱着瑞亚。他想和瑞亚一起回地球去，如果

索拉利斯星

不能一起回去，那么一起在空间站他也愿意。

但是空间站的其他成员可不这么想。斯诺向凯文坚决表示：你不能和"它们"动感情。他甚至用类似高能射线的装置杀死瑞亚这样的访客，理由是斩钉截铁的："它们"不是人类！而当瑞亚因为自己不是"真的瑞亚"而请求斯诺博士用这个装置杀死自己时，斯诺博士毫不犹豫地实施了。

摊牌的日子到了。对索拉利斯星的探索依然毫无头绪，站长的幽灵对凯文说："如果想继续寻求解答，你们会死在这里。……没有答案，只有选择。"

凯文呼喊着瑞亚的名字，被吸入索拉利斯星的大洋中！

品评赏析

描写外星生命的科幻小说汗牛充栋，但大都只停留在表面刻画上，一旦进入心理层面，那些外星人便失去了神秘和光彩，显露出变形地球人的本来面目。而斯坦尼斯拉夫·莱姆却不同，在他笔下的《索拉利斯星》中，索拉利斯海以一种傲慢的姿态超越了科幻小说中的外星人模式，从而为科幻小说殿堂增添了一个魅力无穷的外星生命的形象。

这部小说的非凡之处在于作者对人性的剖析。飘浮在索拉利斯低空的空间站原本是人类伸向未知的触角，但却被诡异氛围所包裹，原来仅有的三名科学家一人自杀，剩下的两人放弃了正常工作，而新来的主人公凯文似乎也将陷入困境。海洋洞察了他们包括潜意识在内的全部思维活动，将长期掩埋在他们心灵深处的不愿触及的隐秘具象变

成真实的物质存在，而作为肩负探索未知重任的科学家却根本无法了解索拉利斯海的目的，无法摆脱的潜意识幻影于是把他们逼到了精神崩溃的边缘。正如其中一位科学家所说，索拉利斯海向人们揭示的，只是人们的耻辱，人们的丑陋和过错。

人类积极地出去探索外界，结果却发现总是在跟自己打交道。索拉利斯海就像是一面心理上的镜子。人们正是因为无法面对自己本性中阴暗可怕的另一面，才使自己成了这面镜子的牺牲品。索拉利斯海使人们体味到了前所未有的挫败感。这种挫败感不仅是科学上的，还有人性上的。

但是，最终凯文还是战胜了自己人性中一直不敢面对的阴暗。作者通过这种结局安排，意在让人们看到人类的希望，看到人类自信地面对整个宇宙的可能性。

莱姆是 20 世纪欧洲最优秀的作家之一，他的作品幽默风趣，富于想象与哲理。《索拉利斯星》曾被著名导演塔尔科夫斯基改编为闻名于世的电影《飞向太空》。1983 年，美国《费城问讯报》的一位评论家断言："如果莱姆在本世纪结束时还没有获得诺贝尔文学奖，那只能是因为诺贝尔奖的评委们对科幻怀有偏见。"

从我坐的地方看过去，是围绕实验室的圆形走廊的一段，这罩已经是整个基地的最高处，再往上就是基地的防护外壳了，墙壁均向外凸，每隔数码便是一个长方形的窗户。此时，蓝色的一灭快结束了，

百叶窗帘自动收卷起来，蓝太阳炫目的余晖透过厚厚的玻璃射进来，把各种金属物件照得明晃晃的，所有的插销、铰链都在闪光，实验室大门的玻璃门板更是发出灿烂的光辉。一片光亮中，我的手却成了灰白色。不知什么时候，我已经把火焰喷枪握在手里。意识到这个下意识的动作，自觉可笑，忙把喷枪插回枪套里。这武器，我能拿来干什么呢？即使是一把伽马射线枪，也不见得管用。靠武力佑执，我恐怕占不了这所实验室。

我站起身。那圆圆的蓝色太阳正沉入海中，此情此景令人不由想到氢弹爆炸的场面。下楼梯时，一束从海平面上发出的蓝光投在身下，似乎射穿了我的身体。只剩一半楼梯了，突然脑中灵光一闪，又折回楼上。沿着走廊，我进入第二间装有玻璃窗的实验室的门前。尽管我不指望能够打开门，但意外的是，不费吹灰之力我便进了实验室。

我四处寻找，看看是否实验室有通风孔或其他什么小孔，好窥视萨托雷斯究竟在隔壁干些什么。这么干，并不让我感到内疚。他们谁也不告诉我事实的真相，我一直只能靠推测猜想。我受够了，不想再这样瞎猜下去了。我决心弄清真相，即使真相让人无法接受，也比被人蒙在鼓里强。猛然间，我想到实验室一定在顶窗采光，可以从基地防护壳以外，窥视萨托雷斯在里面干什么。不过，我首先得找到防护服和供氧器，把自己装备起来。

我来到下层舱面时，发现无线通讯舱的门半开着，斯诺坐在椅子里，已经睡着了。听到我的脚步声，他一惊，睁开眼睛。

"你好，凯文！"他瓮声瓮气地问道，"怎么样，有新发现吗？"

"有的……他并非单独一人。"

— **128** —

斯诺幸灾乐祸地咧嘴笑起来。

"哦，是吗？那倒是个新发现。他那里来客人了吗？"

"我就是不明白，你为什么不肯告诉我这儿发生的一切，"我很激动，大声反问他，"既然我要在这里待下去，真相早晚会被我发现的，你又何苦弄得这么神秘呢？"

"等你有机会亲自接待新来者时．你就明白了。"

看得出来，他并不欢迎我的到来，不想深谈下去。

我转身要走。

"你要去哪里？"

我不回答。

太空港依旧是我来时的样子。起降平台上，我搭乘的太空舱还静静地立在那儿，舱门大开，外壳已被烧成炭黑。我到处找一件外出用的防护服，一边找一边想：这样瞎忙乎，也许全白搭。那实验室的天窗，也许是透光不透明的玻璃做的，通过那里窥视萨托雷斯，也许什么也看不到。这样一想，我对自己的冒险行动也就失去了兴趣。

我打消了外出冒险的念头，转而向下走去，顺旋转楼梯来到底层的储藏舱。这罩堆满各式各样的废箱废罐，使通道变得异常狭窄，两边的墙壁覆盖了一层薄薄的金属板，闪着蓝莹莹的光。再往前，可以看到从制冷舱延伸出来的众多管道，管道结满了霜，沿着走廊拱顶延伸到尽头。最后，我来到冷藏舱，那门足有 5 厘米厚，外面还加了隔热层，推开门，一股冷气冲出来，我不觉打了一个寒噤。只见整个拱形舱壁结满厚厚的冰，管道坪在冰里，隐隐凸出，蜿蜒曲折，如冰雕一般。顶壁上挂着粗大的冰笋，地板上的木箱、金属罐也覆盖着一层薄霜。冷藏架上放着其他东西，有匣子，有塑料袋。那透明的塑料袋里面装着一种油状的黄色东西。我挤到舱室的后部，这里停着一个铝制的架子，架子上，一物长卧，上面罩一张帆布。

我揭起帆布一角，往里一看，原来是吉布伦干硬的尸体。只见他黑发盖顶，油亮亮的；咽喉挺起，突出如骨；两眼空空瞪着，黯然无光，玻璃珠子一般；一滴清泪挂在眼角，早已结成小冰珠。突然，一阵寒气袭来，我不觉牙齿格格作响，壮着胆子，伸手摸了摸死者的面颊。胡须依旧扎人，但已冰冷坚硬，如石化了的木头。还有那嘴唇，紧抿而弯曲，依旧昭示着死者那傲视一切、坚忍不拔的品质与精神。

就在放下帆布单的当儿，我瞥了一眼吉布伦的脚，一物赫然映入眼帘，我倒吸一口冷气，吓得魂飞魄散。只见帆布单下，吉布伦脚边，有五个小小的、圆圆的东西，从大到小，一字排着，如五粒黑色的珍珠。

那是五个赤裸裸的脚指头！裹尸布下，紧紧贴着吉布伦尸体的，竟是那个黑女人！我把裹尸布慢慢揭开……她一丝不挂地侧卧着，一头鬈发的脑袋枕在粗大的臂弯里；肥厚的背上，皮肤闪着亮光，肉圆滚滚的，已显不出背脊。那巨大的躯体，已然死去，无任何生命之象。我再次察看那双大脚掌，煞是奇特：圆鼓鼓，光溜溜，细腻如肩背肌肤，无通常的扁平，无行走的茧结，更无重压下的变形！

我鼓起十二分的勇气，伸出手去，碰了碰那脚掌。天啊！那已然死去的躯体。那坚冰里的死尸，竟是活的！还会动！是的，那脚缩了一下！如睡狗的爪子被谁碰了一下！

"她会冻上的。"极度惊恐中，我急切地安慰自己。可是，那肌肤，

依然温宛可触！我甚至感到了她的脉搏，还在有节律地跳动！我慢慢退出来，没命地逃走了。

冲出冷藏舱，被外面热气一熏，我几乎昏厥，赶紧摸索着爬上旋转楼梯，回到停机库。

坐在卷起的降落伞上，我双手抱头，六神无主，默默发呆。脑子里万端思绪，无从理起。我这是怎么啦？如果注定要中邪发疯，那倒不如让我早些失去知觉，越早越好。然而，正是这样一种突然毁灭的威胁，反倒唤起了一种不可名状的、不切实际的希望。

除非再次见到斯诺和萨托雷斯，告诉他们这一切。否则，无人能真正理解我在此处的亲身经历，无人能相信我的所见所闻，也无人能体会我的手触摸到的恐怖。这一切。只可能有一种解释，一种结论：中了邪。是的，情况就是这样，我一到这里，就跟着中了邪。海洋散发的神秘气息毒害了我的大脑，幻觉之后还是幻觉。我不愿再费神去破解那一个个虚幻的谜网，我还是求助医疗救治吧，发出无线电紧急呼救信号，向普罗米修斯号或其他邻近的飞船求救吧。

一想到自己中了邪，我反倒平静下来。这真是一个奇怪的变化。

然而……我的确听过斯诺说话呀，清清楚楚的——如果那是真的，就说明真有斯诺其人，我也真与他交谈过。不过，也许，甚至在那之前幻觉就已经产生了，也许早在普罗米修斯号上我就中了邪，也许我的大脑神经早出了毛病，现在撞见的这一切，原本只是我受损的大脑的幻觉而已。如果假定我病了，那么就有理由相信，我会好起来——这就给了我解脱的希望，而这希望，应有别于我对现状的判断，应对立于目前我处身其中的这场可怕的噩梦。总之，情况不外两种：要么我真中了邪，成了一个无可救药的妄想狂；要么我所经历之事都是真实的，尽管它们荒诞无稽。我很希望能构想出一个合理的逻辑实验，验证这两种情况孰真孰假。

我脑海里翻腾着一个又一个稀奇古怪的想法，目光盯着那条单轨滑道，以及它所通向的起降平台。那平台钢铁结构，离地一码高，漆成绿色。由于搬运火箭的台车的碰撞，平台上的油漆已大片脱落，斑斑驳驳的。用手摸摸那钢铁，手指有暖意；用关节敲敲，关节有痛感。若是幻觉，能有这样的真实感么？能，我肯定地告诉自己。我在想什么，我清楚地知道。毕竟，我是学心理学的，我知道存在各种各样的心理现象。

那么，有可能设计出这样一个可行的实验吗？我告诉自己，答案是否定的。原因很简单，既然我的大脑已经出了毛病（假定我真疯了），它就会应我所求，产生相应幻觉。即使是健康人，做梦的时候也会梦到与陌生人交谈，向对方提问，并听到对方的回答。有意思的是，尽管那对话完全出于我们的心理活动，受我们的意识所控制，并非独立，但只要对方不开口，梦中的我们也不知道梦中的他会说出什么来。当然，那些对话仍然由我们大脑的某一区域加工，因而，当我们在为假想的对话者加工对话时，我们似乎应该知道那是什么样的话。所以，如果我自行设计一个实验，则不论实验采取什么形式，用什么方法，仍可能是梦中之物。因此，如果斯诺和萨托雷斯并不存在，那么针对他们的提问也就没有意义，我也就无从证明自己究竟处于现实中，还是处于幻觉里。

我也想到过服用某种高效药物，比如迷幻药什么的，帮大脑产生

幻觉。如果药一服，幻觉随即产生，则可证明最后我尚处真实世界中，所经历之事也都是真实的，也都是真实世界的一部分。然而，旋即一想，又发现自己错了。依靠药物产生幻觉，同样不能证明我是清醒的。因为所选药物的药效，我事先知道，于是便会产生这样的双重幻觉：既幻想服用该药，又幻想服用该药后产生的相应幻觉。

是真是幻，要想证明这一点，却总陷入循环论证的怪圈，似乎永远无法摆脱。也就是说，你只能用自己的大脑证明自己的大脑是否有毛病。超乎它之外，如何证明？你总不能在心灵之外观察心灵的活动吧……有了，我突然想到一个简单易行的办法，可以解此难题。

我跳起来，直奔无线电通讯舱。舱里无人。抬头一看，墙上的电子钟已经4点，索拉利斯时间夜里4点。外面，红大阳挂在天上。我飞快插上插头，打开发射器。在发射器预热过程中，我又在脑子里把主要实验步骤想了一遍。

我忘了卫星自动站的呼叫信号，后来在控制台上方的一张卡片上找到了，立即用莫尔斯电码发了出去，8秒钟后收到卫星自动站发回的信号。卫星——准确地说是卫星的电脑——通过有节律的电子脉冲证实了自己的存在。

卫星在天空环绕索拉利斯运行，每22秒跨越一条子午线。我向卫星发出指令，指令它传回各子午线的长度数据，要求精确到五位小数。

我坐下，静候回音。2分钟后，数据传回来了。我从传真机上撕下刚打印出来的数据纸条，一眼不看，立即藏到抽屉里。接着，我来到书架旁，取出星空图、对数表、标有卫星每日路线的日历和各种工具书、参考书一大堆，然后坐下，开始工作，处理自己提出的问题。大约 1 个小时后，我列出了几个方程。我已经很久没有做过如此复杂的计算了，最后一次做这方面的题，大致是在我参加应用天文学考试的时候吧。

后来，我再利用基地的大型计算机，把答案计算出来。我的想法是这样的：利用星空图，我和基地的计算机计算出一个答案，再将此答案与卫星传回的答案进行对照，便可核实二者是否一致。当然，这种一致是近似的。因为，由于海洋的异常变化，卫星飞经各地时所受引力发生改变，此外，它更受到索拉利斯本身与两个太阳的双重影响，结果，其运行轨道也相应发生连续微小改变，而这种微小改变会导致实际数据与理论数据的微小差异。我把这两个数据组——卫星发回的实际数据与我计算出的理论数据——进行对照，再作适当调整，忽略不可估计的海洋异常活动导致的误差，那误差仅在第五位小数上，这样，两组数据可望在保留四位小数时一致起来。

即使卫星传回的数据是我错乱的大脑的幻觉，它也不可能与计算机参与的后一组数据一致。毕竟，我的大脑，哪怕它完好无损，也不可能与基地的大型计算机相提并论；若是没有计算机的帮助，单靠我自己的大脑独立算出答案，起码也得苦干好几个月。因此，只要两组数据一致，就可以判定：基地的计算机是真实存在的；我的的确确使用过它；我也没有神经错乱。

我两手颤抖，小心翼翼地把窄窄的传真纸带从抽屉里取出来，放在宽大的电脑打印纸旁，两相对照，不出所料，两组数据从左到右，直到第四位小数，竟然完全一致！

我把两张纸都扔到抽屉里，颓然无奈地坐着。这就是说，计算机

独立于我真实地存在着；同时也意味着，基地及其居民们，也都真实地存在着。

就在准备关上抽屉时，注意到抽屉里塞满了类似的纸条，上面草草写着各种数据结果。扫一眼就明白，早在我之前，已经有人做过类似实验，也向卫星索取过数据，不过不是有关索拉利斯子午线的，而是有关它的反照率的，每40秒的行星反照率。

我还好着，没疯。求疯的最后一线希望破灭了。我关上无线电发射器，喝干保温瓶里的残汤，回自己卧舱睡觉。

（李玲 陈宁 译）

异 星 探 险

 图书信息

作者：波尔·安德森

推荐版本：海洋出版社 1981 年 12 月版

作者简介

波尔·安德森（Poul Anderson，1926~2001），美国科幻界的元老级作家，黄金时代涌现出的优秀作家之一。

1926年11月25日出生于美国宾夕法尼亚州的布里斯托市，和许多科幻大师一样，波尔·安德森很早就对科幻小说感兴趣，还在读大学时，他已参加当地科幻组织的活动，醉心于科幻小说的创作。他的科幻处女作《明天的儿童》1947年发表在

波尔·安德森

《惊异》杂志上，是与沃尔德洛普合作的。1948年毕业于美国明尼苏达大学物理系。大学毕业后，他放弃了从事物理学工作，开始创作科幻小说。

波尔·安德森是北欧移民，因而非常熟悉北欧语言和文化，加上良好的科学素养，使他的许多以北欧神话传说为依托的科幻作品都具有鲜明的特色。在最初的几年，安德森的创作速度很慢，从1947年到1951年他只发表了10来篇科幻小说。他的第一部长篇科幻名叫《世代的苍穹》，发表于1952年。到了1953年，安德森的创作速度突然有了惊人的提高，他在那一年连续发表19篇短篇。同时还在杂志上连载了3部长篇。在20世纪50年代及以后的岁月里，安德森创作了好几个庞杂的系列，如"心理技术"系列（1955~1982）、"技术历史"系列（1958~1985）等。

波尔·安德森是少有的能够将创作始终保持在相当水平的多产作家。

由于是理科出身，安德森的小说大多是硬科幻，有着坚实的科学基础并浸透着作者认真严肃的思考，人物刻画也很成功。曾7次获得雨果奖、3次获得星云奖。1998年荣获星云科幻大师奖。

代表作有《脑波》、《时间巡逻》、《异星探险》等。

内容预览

一批探险人员乘坐"赫德逊"号飞船出发，落在特罗亚星上。他们遇到了8个自称"罗尔万"的外星人。韩密敦船长让艾维尼、罗兰辛、唐敦、凯玛尔、菲南迪兹和奥斯丹同他们一起回家。罗尔万人用指南针和地图带路。一天晚上菲南迪兹被蜥蜴咬死了，在海边，巨浪吞没了一个罗尔万人。罗兰辛偷听艾维尼同外星人的谈话，发现艾维尼要联合罗尔万人对付他们。在山地的边缘，罗尔万种族的另一个人出现了，一个向导带领大家参观了全村。晚宴结束后，探险队员们被一队守卫护送着来到他们的卧室，罗兰辛对凯玛尔说出了自己的疑惑。他俩给韩密敦船长发报，罗尔万人发现后和他们交上了火。艾维尼说罗尔万人是宇宙的主宰，他们的科学技术比人类进步1万年，他要大家赶快编出一个故事来骗过韩密敦，以补救造成的破坏。罗兰辛不为所动，喝令艾维尼把事实真相说出来。

艾维尼惊慌地回答说，第一个探险队那些人并没有死，只是被安顿到非常遥远的塔西迪星球去了。之所以阻止移民，是因为人类的心智还没有成熟。罗兰辛反驳了艾维尼的理论，他认为人类应该走向星际，没有必要为一些不切实际的理论裹足不前，得到同伴的赞同。此时韩密敦的火箭船迫近，罗尔万人终于退却了。

本篇原名叫《有去无回的星球》（plant of No Return），后来作者又改名为《疑问与答案》（Question and Answer），中译则改为《异星探险》。

小说描写地球人到达一个奇异的星球，发现该星球的自然环境与地球很相似，适于人类移民。可是另外一些从别的星球来的像野兽一样的外星人，也想占据这个星球，他们的科学技术也同样发达，于是人类和外星人展开了一场争夺战。故事的发展曲折离奇，悬疑四起。

在小说的结尾，作者并没有给出一个明确的结局，而是提出一个问题：到底是让每一个人按照自己的优缺点，发展成为有自己个性的人好呢？还是按照一个统一的模子，把全人类都变成一个个既没有缺点、但也没有个性的"完美"的复制品好呢？这个问题留给读者自己去思考。

这个问题的实质，就是人的价值。诚然，在宏大的宇宙中，人是非常渺小的，即使是在地球上，我们每一个人也只不过是全地球上80亿人当中的一个（这80亿是小说里估计未来人口的数字）。可是，世界上没有任何一个人是与另外一个人完全相同的。每个人都有自己的个性、奋斗目标以及存在的意义，亦即自己独特的价值。如果将地球上每一个人都按照一个共同的模式去改造，即使造出的都是"超人"，这些人也没有存在的意义。

这篇小说富含哲理，耐人寻味，是科幻作品中的精品。

又一批探险人员乘坐"赫德逊"号飞船出发了。第一艘探险船"达伽

马"号没能返回太阳系，到底出了什么事，人们不得而知。建造第二艘太空船的工作更是拖拖拉拉，几次搁浅，幸亏探索协会的首脑，还有韩密敦船长等人顽强地坚持下来，尽管如此，从开始计划这次探险到"赫德逊"号升空，已经花了5年时间。

飞船以超光速进入曲线的飞行，这次飞行在很大范围内，使星际之间的距离几乎变得没有什么意义。太阳系已人满为患，人们需要找一个跟地球相似的星球，它必须是可以居住，但又没有土著，没有致命的疾病。在将近一代人的岁月里，搜寻毫无结果。

以前只有韩密敦船长和一两个技师曾飞过星际航道。"赫德逊"号的船员们虽然都是各学科的精英，但在品格、爱好方面却各不相同。这不，为了一点芝麻小事，船员们又动手打了起来。探险队心理医生艾维尼表面上息事宁人，实际上却在煽动大家的肝火。船长韩密敦出现在门口，他魁伟结实，一头浓密的灰白发，严厉的目光铁一样冰冷。他呵斥大家：如果这样下去，只有靠上帝救我们了。要想活下去就该理智，同心合力地对抗杀死了第一支探险队的不管什么东西。他命令所有人都禁闭一天，不给饭吃。

这是拉格兰治空间的大力神星群，双子星座旁的特罗亚星就是"赫德逊"号的目的地。在船的两侧，天空像一片硬水晶似的，镶满了星星，有一些甚至在双子座这两个太阳的照耀下也光芒四射。现在地球上看到它们的光，是人类还在穴居的时候就发出的，这多么不可思议，又多么令人感到孤寂。现在他们看到的光亮到达地球时，可能地球早已不再有人类了。特罗亚星在窗外充塞了半个天空，可以看到上面的云层、冰雪和海洋。赤道地带一片葱绿，湖泊和河流两岸有高大的山脉。

四艘着陆船落在特罗亚星上。一笼猴子被放置在船外，大家遵从船长的指令呆在船里。通过分析机器人采回的样品，人们发现，这里的大多数植物可以食用，那味道有点像姜，还有点像肉桂。1星期后，宰掉了那些猴子，没有发现能构成危害的细菌。韩密敦带大家踏上特罗亚星，建立了营地。青色和红色的两颗日星昼夜照耀，另一个巨大的伴星反射着它们的光线。在两个太阳照耀下，人有两个影子，有点怪，但不会令人发狂。这儿的环境相当舒适，说到野兽和疾病，看来比目前地球某些地方还要安全得多。那么，"达伽马"号的人到底出了什么事呢？

过了12天，外星人出现了，一共8个，慢慢向营地走来。主枪炮手奥斯丹立即用话筒布置了防御。一小时后，韩密敦率领武装船员走出掩体，挡住了外星人。外星人身高跟人类相仿，长着一条袋鼠尾巴，保持着身体的平衡。他们的手有三只手指，面部有些像猫。他们穿着植物纤维织成的罩衫，挂着刀斧，手上握着火枪。其中一个开始讲话了，嘴里露出蓝色的长犬齿。韩密敦指派艾维尼尽快弄懂他们的语言。

外星人被留了下来。艾维尼和天文学家罗兰辛一连好多天都跟着他们，相当努力地研究他们的语言。他们自称为"罗尔万"。其中首先弄清的三个名字是：西尼斯，扬伏萨兰，阿拉士伏。艾维尼猜测他们可能是官方的使者，也可能是浪人或强盗。罗兰辛认为这些土著可能生活在地下，不在乎谁在星球表面上殖民。

一天，初步弄懂外星人语言的艾维尼告诉韩密敦船长，罗尔万人要走了，他们拒绝了艾维尼提出用飞行车送他们回家的建议，但并不反对宇航员们陪他们同行。韩密敦船长让艾尼、罗兰辛、物理学家唐敦、工程师凯玛尔、地质学家菲南迪兹和奥斯丹同他们一起走，因为这是人类同土著政府接触的唯一机会，另外，还可以考察他们的科技发展水平及其他一切情况。

旅程极为单调乏味，他们一路上打猎吃兽肉，罗尔万人用指南针和地图带路。一到晚上，艾维尼就坐在篝火边跟外星人谈话。罗兰辛要求他把已学会的罗尔万语教给自己，艾维尼总是推说待全弄懂后再说。罗兰辛只好边走边指着实物向阿拉士伏请教。一块岩石上躺着一只颜色鲜艳的蜥蜴样的小动物，罗兰辛指着它，阿拉士伏犹豫了半天才说出了一个词。罗兰辛边走边在本子上把这词记下来。忽听一声惨叫，只见菲南迪兹被那蜥蜴咬着了，唐敦一把捉住蜥蜴，摔在地上，用脚把它的头踩碎。菲南迪兹几乎立刻就死了，罗尔万人对此根本无能为力。大家沉痛地将菲南迪兹就地埋葬，用石头立了一个墓碑。罗兰辛心中忽生疑窦：那外星人指出那动物的名称时为什么犹豫？他并没有警告说它会咬死人。

他们走进了一片岩石的山冈。一直监视他们位置的韩密敦通过无线电询问，为什么罗尔万人不走直路回家，而是拐来拐去？艾维尼回答说，是为了绕过危险地区。罗兰辛把空中拍摄的地图拿出来，他们避开的地域，没有什么危险的特征，罗兰辛内心的疑团加重了。罗尔万人的语言决不会像艾维尼说的那么难懂，必定有一种跟他们的科技水平相适应的语言结构。艾维尼每晚都跟外星人长谈，假若他们不只是研究语言呢？为什么在这星球上见不到理应和罗尔万人共存的其他哺乳动物？为什么在太空观察不到人工的痕迹呢？联想到第一支探险队"达伽马号"的失踪，罗兰辛不觉一阵恐惧。这些天来，他已经掌握了罗尔万人的一些语汇，摸出了这种语言的一点规律。但这些决不能让任何人知道。

他们在一片雪岭前扎了营，不储备足食物没法继续前进。奥斯丹和唐

敦前去狩猎。奥斯丹对唐敦说，罗尔万人是有意让他们疲于奔命的，这帮家伙说不定从哪儿来，很可能也有太空船，却装成很原始的样子来迷惑人。他想把营地里的罗尔万人一梭子干掉，他知道有人会支持他，但有些人会拿不定主意。他俩在追逐猎物时，不慎滚进一个深坑。奥斯丹诅咒罗尔万人故意把他们引到这危险地带来。这时那几个外星人却出现在洞口，拿长绳把他们救了出去。

唐敦把内心的忏悔对罗兰辛讲了。他承认罗尔万人并非想谋杀他们，自己却几乎相信了奥斯丹的话。他们行进到海边，悬崖下只有一道狭窄的沙滩可以通过。外星人轻盈地跳跃前行，这是他们特有的步态。走到半路，只见一道白色的大幕突然从海口礁石处升起，陡起的巨浪向悬崖下压来。人们大惊失色，撒腿狂奔。浪涛冲倒了他们。大家拼命扑向悬崖边的一道岩墙，爬了上去。待海潮平息，扬伏萨兰却不见了踪影。罗尔万人跪在地上，排成一行，向大海伸出他们的双手。罗兰辛听出他们在唱丧歌，他已可以将这些歌词大部分翻译出来了。

晚上，大家疲惫地睡去，只有艾维尼和往日一样还在同一个外星人侃侃而谈。躺在他们附近的罗兰辛并没有睡着，他在静静地偷听他们的谈话。以前他一直弄不懂他们在谈什么，不过有时偶尔能听懂一两句，现在他所掌握的罗尔万词汇已大大增加了。突然，他发现自己听懂了他们的话，悟出了罗尔万语的规律。艾维尼在说，探险队已有人在怀疑罗尔万人了，外星人叫艾维尼尽快消除人们的怀疑。艾维尼说，这些人会听他的，情况再坏，也可以像对付第一支探险队那样对付他们，但他不希望这样，不过如果需要，也只能如此，这个大计划可不能因几条人命就被破坏掉。外星人说，在这件事上，艾维尼更得依靠他，他要艾维尼听从他的指挥。

后来他们的谈话声压得很低，几乎听不到了。不过，罗兰辛已听得足够了。他躺在睡袋里，浑身发抖。

群山突然向内伸展，变得低矮了。前边出现了一片起伏的草地、树林和平原。走在前面的罗尔万人步伐加快了。在山地的边缘，他们种族的另一个人出现了，跟他们穿同样的衣服，带同样的武器，前来迎接他们。那人和队伍中的罗尔万人迅速交换了意见后跑开了。艾维尼对同伴说，到目的地了，村里人要欢迎地球人；和船员在一起的这些外星人是到另一个市镇的代表团，在回家路上偶然碰上了探险队；他们的天文学知识跟人类在18世纪时差不多；这些人生活在地下，不过从来也没有发展起农业，而是靠资源茂盛的野生瓜果为食，也牧养大批吃草的动物作为肉食；一亿多罗尔万人都是分散生活的，这儿只是一个小村落。听着艾维尼的谎言，罗兰辛默不作声，觉得没有必要暴露自己。

巨大的人工洞口中走出了50多个罗尔万人，雌性的穿着短裙，胸前垂着四个乳房。他们把队伍引进走廊，这里空气清凉新鲜，墙壁上有空调管道，一长列荧光灯管熠熠发光，外星人的科技不完全是人类18世纪的水平呢。长廊旁边有很多通道，可以看到门，猜测得出是罗尔万人的房间居室。整个地方有一种荒芜的气氛。领头人讲了几句什么，艾维尼解释说，这儿是一处新的移民区兼军事哨站，大陆上并非只有一个国家，而是分裂成多个国家。可怕的战争刚刚结束，目前是和平时期。

一个向导带领大家去参观全村。这儿有设备精良的化学实验室，军械库里有自动炮，火焰投掷机，还有即将完工的真正的滑翔机。从一些印刷书籍中发现，罗尔万人显然已弄懂了无线电。奥斯丹很是光火，说经过300光年到这儿来看这吊儿事太不值得了。

　　晚上，探险队员们应邀到村公共食堂赴宴，这儿的家具都是水泥的。艾维尼在门外和一个似乎是领导的罗尔万人谈话。他回来说，他们已把探险队的来意转告政府，政府会同其他国家的政府商量，等他们派来科学家，探险队就可以和他们进行科学交流活动。不过，移民计划恐怕是行不通了。餐桌上，罗尔万人问了各种各样有关人类的问题，艾维尼用罗尔万语一一作了解答。罗兰辛异常紧张，他尽可能装出听不懂他们讲什么，显出一副百无聊赖的样子。梦魇似的宴会终于结束了。

　　探险队员们被一队守卫护送着来到他们的卧室。这是对贵宾的保护，还是软禁？大概只有罗兰辛知道。罗兰辛和凯玛尔同住一个套间。所谓卧室，其实只是一间空空的洞穴。在罗兰辛看来，这是比坟墓更可怕的地下巢窟。

　　四周静悄悄的，在寒凉的灯光下，没有一点声音，没有一样东西，全村都像睡死了似的。罗兰辛肯定，这里并不是那么平静，在某个地方准有些清醒的头脑正在策划新的阴谋。他迫不及待地抓住凯玛尔的肩头，把自己几天来的疑惑，一古脑儿地倒了出来。他激动地对凯玛尔说，罗尔万人没有农业，不使用星球的地面这很反常。他们的一亿人口能靠打猎和吃野生植物生存吗？一个狩猎的种族，竟认不出毒蜥蜴，这是说不通的。在离他们家不远的海湾，海潮卷走了他们中的一个，他们竟会不知道海潮的时间？答案只有一个：他们不是这个星球的土著！

　　他们带探险队绕那么远的路，是为了争取时间，在这儿建立基地。那些罗尔万人都是从他们的太空船上来的。如果人类发现这儿有了土著，自然会对特罗亚星失去兴趣，罗尔万人就可以把他们的移民送来。而艾维尼就是这阴谋的策划者之一。他是政府的心理学顾问，这类顾问越来越能左右国会和人民的意志。他们很可能不希望人类进入星际空间，所以才搞掉了第一支探险队，接着又设骗局来蒙混第二支探险队。罗兰辛把他偷听到的那番对话，一一讲给凯玛尔听。凯玛尔紧张得浑身哆嗦。

他们面对面地站在那儿，汗水在他们的脸上闪闪发光。现在唯一的办法，就是把消息立刻传给大本营，让韩密敦船长及早知道这一切。洞穴里金属太多，会挡住电波，只有冒险到洞外发报。他俩拿起发报机，提着枪，悄悄地向洞外摸去。

他们刚在发报机上进行调试，警报就响起来了。隧道口闪出一些蹦跳的身影，像热锅上的蚂蚁在跳动。

一个罗尔万人大声吼叫，让人类停止发报，否则将杀掉他们。

凯玛尔毫不理会，开始拍发电讯。罗兰辛离开凯玛尔，朝树丛跑去，他边跑边叫，以便把敌人的注意力吸引过来，让凯玛尔有足够的时间把电讯发完。现在，他已经顾不得害怕了。

十几支火枪打响了，罗兰辛把自动枪架在一个粗树桩上还击，自动枪的火力封锁住了洞口。

罗尔万人狂叫着纷纷倒下。他们退到黑暗中，改由四面八方包围上来。一阵机关枪似的声音响起。罗尔万人拿出他们真正的武器来了！

罗兰辛盲目地还击，等待死亡。

突然，洞口喷出一阵火光，一群罗尔万人在爆炸中倒下，另一些在奔逃。火光中跳出两个人，是唐敦和奥斯丹，他俩听到枪声跑出来战斗了。子弹在飞舞，像蛇一样乱窜。罗尔万人包围了小树林。奥斯丹在火光中旋转着倒了下去，唐敦冲进了树林。

这时凯玛尔已发完电报，韩密敦船长很快会派武装飞船来。罗尔万人

的进攻又一次被打退。微寒无风的空气中，飘散着一股刺鼻的硝烟味。

忽然，有人用人类的语言在黑暗中喊："谈判吧，好吗？"这是艾维尼的声音。凯玛尔让他一个人过来。

艾维尔显得十分惊慌，他问船员们是否向大本营作了报告？

罗兰辛回答说该讲的都发回去了。唐敦向艾维尼挑明，罗尔万人要是蛮干，基地来的武装船决不会放过他们。

艾维尼听了暴跳如雷，骂大家是蠢货，他说罗尔万人是宇宙的主宰，他们的科学技术比人类进步1万年。他要大家赶快编出一个故事来骗过韩密敦，以补救造成的破坏。

他的话差不多要把大家说服了。凯玛尔已经放下枪，要去拿发报机，只有罗兰辛不为所动，他质问艾维尔："如果那些罗尔万人真那么了不起，为什么不用死光枪来歼灭我们？为什么不干扰我们的无线电？为什么他们竟愚蠢得只会用火枪、机关枪和手榴弹？"

罗兰辛步步紧逼，指出这不外是地球老家政府中那伙心理顾问阴谋计划的一部分。他喝令艾维尼把事实真相说出来。艾维尼只好坦白。

原来外星人是在"赫德逊"号到达时刚巧到这儿的。他们的家离太阳系有1万光年，是个和地球相似的星球，他们的文明也和地球上的人类发展得差不多，他们同样也在寻找星球移民。当他们发现地球人在特罗亚设立大本营时，便先派了几个罗尔万人化装成土著出现，以使探险队相信这星球已有人居住，不能移民。

艾维尼在学习他们的语言时，察觉到他们的企图正好与他的"大计划"相吻合，他主动要求跟罗尔万人合作。艾维尼自称他这样做是为了解救"赫德逊"号，使它免于"达伽马"号的命运。

太空探险科幻小说赏析

唐敦听了咆哮起来，他要艾维尼交代，他们是怎样谋杀第一个探险队的。

艾维尼惊慌地回答说，那些人并没有死，只是被安顿到非常遥远的塔西迪星球去了。7年前，"达伽马"号发现了特罗亚星，它辽阔富饶，适宜移民，但飞船返航经太空巡查站接受检疫时，被忠于那个小集团的人缴了械，弄到别的星球上去了。而这一次，罗尔万人的出现，在艾维尼看来，是一次机会。这样探险队可以用正常的途径回家去，报告探险失败，特罗亚星就会永远被忘却。

罗兰辛问艾维尔，他们这个控制操纵国会的幕后组织为什么要反对人类向外星移民？

艾维尼脸上露出一副痛苦的表情回答说："因为人类的心智还没成熟。"

他说，几千年来，人类在物质上已经发展得够远了，但在精神上却进展得太缓慢，政府的心理学家们认为，当战争、动乱还萦绕人类的时候，是不适于向星际发展的，只有通过潜移默化的教育、进化，当人类不再是盲目、贪婪、冷酷的动物时，才能够走向宇宙，否则后果将不堪设想。那些不满分子会在新星上给太阳系政府制造麻烦，数不清的新文明将对太阳系文明构成威胁，安宁将会被战争所代替。艾维尼声嘶力竭地讲到这儿，停住了。

面对未来的选择，大家犹豫不决。最后，还是罗兰辛讲话了。

他雄辩地反驳了艾维尼的理论，他说任何一个小集团都没有权利把自己的意志强加在别人身上，人之所以发展到有今日的成就，就因为没有一个人能强迫全人类变成他的复制品，人类自古以来就是有变化、有反叛和

异端的，尽管人类有很多错误，很多罪恶，但比起在丛林里奔跑的野兽仍要好上几千倍，如果人全都变成一种模样，像艾维尼想象的那样，他也就不再是人啦！人类应该走向星际，没有必要为一些不切实际的理论裹足不前。两个同伴举双手赞成罗兰辛的选择。

艾维尔脸色苍白，扭过头不再看他们。他们看到他在哭。

"我本该叫罗尔万人把你们三个宰掉！你们这些蠢材破坏了人类真正的未来！"艾维尔尖声叫着，跌跌撞撞地回到罗尔万人那里去了。

远处传来韩密敦的火箭船迫近的雷鸣。罗尔万人在退却，回到他们的太空船去。

罗兰辛想，"赫德逊"号将直接飞回地球，用无线电向世界讲出这次探险的全部真相。到那时，政府想制止，也来不及了。

不管怎样，没有谁能阻止人类去探索星空。

（王新春 译）

仙女座星云

作者：伊凡·叶菲列莫夫

推荐版本：辽宁科学技术出版社 1985 年 6 月版

作者简介

　　伊凡·叶菲列莫夫（1907～1972），前苏联科学院院士，极负盛名的古生物学家，其科学基础扎实雄厚，科学史知识渊博，对地质、历史和哲学亦有研究，同时也是前苏联最有影响的科幻作家。作品被译成多种语言。

　　由于叶菲列莫夫在科学研究领域有较为雄厚的基础，对于科学史又具有渊博的知识，因此他创作出了一批质量很高的科幻作品，并曾荣获前苏联国家奖。

　　主要作品有《仙女座星云》、《星船》、《巴乌哲德游记》、《奇妙的生命之水》、《虹流海湾》等。

内容预览

　　泽尔达行星是恒星系中唯一有居民的行星，很久以来，它一直通过巨环与地球及其他世界通话，但是，最近70多年，它都没有再发出消息了。于是，地球派出以艾尔格·诺尔为队长的37号恒星考察队到泽尔达空间站进行调查。

　　经过7个地球年的航行，考察队来到了泽尔达行星。原来，由于放射性衰变，泽尔达已变成了一座坟墓，上面的人全部死亡。坦特拉号飞船按预定计划寻找二级恒星飞船阿里格拉布号补充反介子燃料，但始终没有找到，只好飞返地球。

太空探险科幻小说赏析

在归途中，飞船又遭遇了铁星，被巨大的吸引力所阻，只好绕行星飞行，经过全体船员的努力，飞船降落在铁星内层黑行星上，发现了80年前为考察织女星而失踪的恒星飞船帆号以及一只巨大的飞碟。坦特拉号用帆号飞船上的燃料装备自己，重新起飞了。他们带着有关织女星的珍贵资料及所发现的生物返回了地球。

为了考察黑行星上的飞碟，宇航委员会决定派出第3个恒星考察队，科学家们分乘3只飞船先后起飞，分别飞往铁星行星、白矮星和双行星进行为期172年的太空考察。

品评赏析

《仙女座星云》描写了恒星飞船坦特拉号的太空历险故事。小说的主线是描写人类对时空的征服，同时为我们展现了一幅人类未来生活的浩瀚画卷。

精彩选读

下一组人员开始值班，这一组里有第二次参加考察队的领航员皮勒·林、天文学家英格莉德·古特拉和自愿与他们在一起的电子工程师贝尔。

突然，航线正前方出现了一团质量大、密度高的物质，以它的巨大的引力场干扰着"坦特拉"的飞行，领航员不敢改变精确计算的航线，降速可以抵消飞船内重力的增长，但速度降低太多后，再没有足够的燃料来重新取得加速度，则更加危险。几次降速，未能缓解险情，皮勒林动用了反介子发动机作紧急制动。飞船剧烈颤抖，惊醒了酣眠中的艾尔格。他意识到情况紧急，跌跌撞撞地跑进中央操纵室，命令打开红外装置，停下发动机。前方屏幕上出现了一颗发射着暗红色光线的巨大星球。"啊，我真糊涂！"皮勒·林悔恨地道，"我一直以为我们处于一团黑云的附近……""铁星！"英格莉德惶恐地喊道。他们的确遇到了铁星——宇航员的灾星。

地球上的巨环外层空间站主任达尔维切尔因患上了人类最严重的一种职业病——对工作和生活漠不关心，他的职位将由黑人后裔穆文·马斯接替。为了养病，达尔必须去从事田野考古工作。他准备到他亲密的女友——历史学家薇达孔格那里去从事田野考古工作。他不无痛苦地了解到，薇达爱着第37恒星考察队队长艾尔格·诺尔。

今天，他将要同新主任一起主持自己在职的最后一次播送。宇航委员会遵循惯例：对各类行星播发的消息，总是请美丽的妇女宣读，以便提供一个地球居民的典型概念。薇达正是这样的人选。她惊人的美丽和娴雅的风度，使有幸一睹芳容的人无不倾倒。委员会慧眼识人，选中薇达担任这次播送的播音员。预警音乐悠扬地响起。全体人员进入深处岩石层中的地下室大厅。想到即将在广袤无垠的太空打开一扇窗口，人类将与其他世界上自己的兄弟在思想上和知识上沟通起来，他们个个激动异常。最后的钟声威严、浑厚地响起，达尔拿起穆文的手放在圆形手柄上，穆文略一用力将手柄推到底，全球40%强大电站的所有能量都送到赤道5000米高的山顶上浓缩成一团火球，猛然腾空而起，蔚为壮观。由连接各个仪器的导线组成供外层空间站播发和接收用的稳定通道。薇达仪态万千地站到屏幕前面，看不见的强烈光线从上方直射下来。她以音乐般悦耳的声音开始了关于地球人类历史的简要介绍。她的声音和形象要经过13年才能传到遥远恒

星的行星上去。

播放结束不久，大家正在休息。忽然，屏幕上出现了一个景深难以想象的图像，是天鹅座转播的南天星座杜鹃座厄普西龙（ε）的图像。推算起来，这些图像传到地球需走过 300 光年。先是铜铸般的山峰，山下荡漾着浓稠的紫水晶般的海水。岸边矗立着一座美艳迷人的玫瑰色女人塑像，接着出现了壮丽的建筑、豪华的大厅，对对男女翩翩起舞，他们的皮肤一律像玫瑰花一样红艳，每一位都够得上地球人理想中的美人。舞蹈停止，一位光彩夺目的姑娘走到大厅中央，高擎双手，指向明亮的星空，左手食指上出现一个发光的蓝色小球。她抖掉小球，面对观众张开双臂，十分激动，好像要拥抱某一个看不见的人，就这样静止不动了。穆文马斯从来不曾恋爱过，红皮肤姑娘给他留下了不可磨灭的印象，他多么热切地希望克服那 300 光年的骇人距离呀！

再说艾尔格的飞船，从所余燃料看，无论如何努力，也逃不出铁星的巨大引力了。全体成员一个个地出现在中央操纵室，飞行速度愈来愈低，航线愈来愈弯曲。"坦特拉"的命运不言而喻了。突然，一声凄厉的哀号把大家吓了一跳。又是那个胆怯的天文学家，绝望与恐惧使他的面容丑陋不堪。艾尔格鼓励大家：现在还不是绝望悲观的时候。"坦特拉"可以围绕行星飞行，变成它的卫星，燃料还够降落和发出呼救信号用。

考察队员全力以赴地投入了工作，仪表前一片紧张忙碌的景象。天文学家和格莉德很快测出铁星有两颗行星，外层行星极为寒冷，而且表面可能罩有一层毒气。看来，不宜停靠。"坦特拉"继续逼近铁星，经过一阵紧张的观察计算，铁星的各项数据也列出来了：质量相当于 43.2 个地球，大气层厚度为 1700 千米，氮氖大气层中有氧，有水汽，气温为 20 度……

总的来看，这里的环境与地球相似。只不过这里的重力是地球重力的 3 倍。突然，雷达屏幕上出现了一个十分明亮的光点，既不像露天矿藏，又不像陨石。在飞越这颗黑行星的第二圈时，飞船投下了一台电视发射机。从所摄的图像中，终于分辨清楚了这是一艘地球的恒星飞船。它毫无损伤，处于正常降落状态。

艾尔格建议将"坦特拉"降落。飞船带着呼啸声，俯冲下去。强大的探照灯打开了，飞越一片神秘莫测的黑色海洋之后，飞临那片发现飞船的平原。在聚光灯的照射下的那艘飞船闪闪发光，像崭新的一样。离它不远，还有一巨大的飞碟，它倾斜地竖立着，一部分埋在土中。然而，对于"坦特拉"刺耳的尖啸没有一丝反响。宇航员们像往常降落时一样，经过了一段时间的半卧休息，但仍然如大病初愈，站不起身，巨大的重力在压迫着每个人。经过 6 年的太空漂泊之后。每一个人都迫不及待地要以双脚去接触坚实的土地。8 个探险家终于跌跌撞撞地跨出了舱门。来到那艘飞船的下面，才发现，船体表面早已斑驳陆离，舱门像黑黝黝地洞口一样四敞大开，门下安放着小型升降机，这些金属物上缠绕着一些叫不出名字的植物。升降机还能开动，他们一起进入了这艘陌生的飞船。原来，这就是80 年前失踪的恒星飞船"帆"。那是在访问织女星的归途之中，地球上接到了"帆"的呼救信号："我们离开织女星 26 年……足够……我们等待……再没有比——美丽的……多么幸福呀！……"从此，杳无音讯。经过一番检查，发现氧气还没有用完，水和食物尚可够几年之用。最令人惊喜的是，飞船上保留下来的反介子燃料和行星离子燃料，可以保证"坦特拉"号从这颗沉重的行星起飞，一直飞到地球。由中央操纵室内录音机中取出的飞行日记磁带得知，当"帆"越过织女星行星系边沿的宇宙冰带时，被撞坏了。船尾的洞被顺利修复，而发动机精确的调节系统经过20年的奋斗已无法修复，只好停用，借助惯性飞行。5年后，落入铁星系内。在这里遇到了那个奇特的飞碟，人们开始一个一个地失踪，最后只剩下一个人了。飞行日记磁带录下了他最后的遗言："同胞们，如果你们找到了'帆'，我警告你们，千万不要离开飞船。"

大家意识到自己的生命受到神秘的威胁，但不离开飞船只能等死。他们决定，在搬运燃料时修筑一条直通两船之间的双重保护屏障，利用辐射线和高压电来保护自己。他们改造了两台自动小车，克服行星的巨大引力，艰难地工作着。过了两天，怪事出现了。异常迅猛的龙卷风切断了高频电流导线，"帆"上高照的聚光灯倏然熄灭。黑暗中出现了环形和8字形的火光，像星星一样向前延伸。这使已经躲入监视塔的人感到全身神经和眼睛像针扎一样的刺痛。他们猛然开亮监视塔上的聚光灯，一瞬间，人们恍惚看到一个怪异的黑团闪电般地缩回了触手。他们明白，自己受到一种电磁铁的打击。这就是进攻"帆"的武器，是一种水母似的怪物。队长把大家召集到一起，采取了应急措施。他们利用行星发动机以长达300米的火焰流在石质平原喷射，将路上的一切扫除干净，终于将反介子燃料装载完毕。

他们以冷藏的鲜肉为饵，将两具水母似的怪物诱捕到一个可以密封的罐子里，准备带回地球。接着，他们又用气割刀切割那只奇异的飞碟，结果，受到十字架形怪物奇异的电击，多亏妮莎挺身庇护，队长才幸免一死，而妮莎却陷入长期的昏迷状态。

"坦特拉"飞走了，迅速远离这颗凶险的行星。他们开始放映从"帆"中取出的录像带，他们看到，地球人自愿在飞船中禁锢45年，为的就是一

睹织女星的娇容，期望在此与外星人相遇。然而，逼近之后才发现这是一颗蓝色的太阳，这里喷射着热气和火焰，也熔化了人们传奇式的幻想，艾尔格钦佩"帆"上的无名英雄，但他无心把录像看到底。此刻，妮莎的生命完全维系在每隔120秒才有一次的心搏之中，虽然在富氧的状况下，这不等于死，但也不等于生，只能说，这是生的希望。他不由自主地跪倒在妮莎的有机硅透明罩前。在明亮的粉红色光线照耀下，她安详地沉睡，浑身起伏的波峰浪谷，令人不由不惊叹，大自然竟然能够创造如此精美的造物，真是奇迹。艾尔格意识到，自己和妮莎等人向新世界的探险，绝不仅仅是为了发现某些新星、外星人，而是人类沿着整个银河系有意识地一步一步前进，是知识和生命美的胜利进军。一定要救活妮莎，一定要继续前进。

经过长期寂寞的飞行，"坦特拉"终于进入了可以收到通过大气层弥散传递的地球全球网络节目的无线电波区域内。他们的呼唤到达了地球。全体乘员集聚在接收机前，一步也舍不得不离开。在与故乡地球中断了13个地球年或9个相对年的联系后，即将回到生活中去，谁不是心如潮涌呢？但是，按照返航的程序，他们只能先在海王星的一号卫星上着陆，这里设有恒星飞船站，探险家们在这里将接受5周的检疫，与其他人完全隔绝。这是为了确保其他星球上的病菌不致在地球上传播的五周后，海卫一飞船站主任通知艾尔格可以起飞了。同时委托他带上行星飞船"阿玛特"号的六个人。这六个人立下了殊勋。他们潜入炼狱——冥王星的底层，在飞舞的氨雪中穿行，冒着随时撞上巨大冰峰的危险，在一个山脊上发现了几乎全部毁掉的建筑物遗迹。

"坦特拉"轻巧地脱离海卫一，沿着一条巨大的弧线迅疾飞行。他们收到地球上播发的节目——地球正在庆祝战胜黑暗铁星和冥王星的胜利。音乐家们演奏着为欢迎"坦特拉"和"阿玛特"谱写的抒情曲和交响乐。火星、金星和小行星上空间站也向飞船欢呼。终于，接收到来自宇航委员会控制台的命令，准许"坦特拉"降落到北非的哈姆拉航天基地。

（林兴 译）

飞向人马座

作者：郑文光

推荐版本：人民文学出版社 2005 年 1 月版

太空探险科幻小说赏析

郑文光（1929～2003），被誉为"中国科幻文学之父"。曾任中国科学院北京天文台研究员、中国作家协会会员、世界科幻小说协会会员。

郑文光

出生于越南海防华侨之家，11岁就在越南的《侨光报》上发表作品。早年曾从事文化教育活动，新中国诞生后回归祖国。从1951年起先后担任中国科协科普局《科学大众》编辑、《文艺报》和《新观察》记者。"文革"期间，曾在鞍山市文联工作。1976年进入中国科学院北京天文台从事天文史学研究。1998年获得中国科幻终身成就奖。

代表作有《太阳探险记》、《火星建设者》、《飞向人马座》、《神翼》等。

"东方号"飞船即将飞向火星，突然警报声四起，宇航基地遭到恐怖分子的偷袭，"东方号"意外地升上了天空，并以每秒4万千米的速度向人马座飞去。糟糕的是，飞船上载的是三个未经风雨的年轻人。更令人担忧的是，飞船上的燃料就要用完了，这意味着他们将离开地球，在空间永远地流浪，直至贮藏的食物都消耗完毕。

在飞船上，继恩、继来和亚兵三个人团结一致，众志成城。凭借飞船上的晶体片和专用屏幕，他们掌握了高能物理和许多天文知识，并且还探索了许多宇宙问题。利用 X 射线和飞船上的喷气发动机，他们成功地从黑洞逃脱，并且拍下了许多珍贵的图片。

而在地球上，邵子安和岳兰、宁业中等人则在设法和"东方号"取得联系。经过精心地设计，他们建造了一艘比"东方号"更快的"前进号"，由岳兰驾驶着去寻找"东方号"。终于，在地球的附近，他们遇到了"东方号"，并且成功地和"东方号"连接在一起，两艘连在一起的飞船以"H"型在宇航城基地降落，在太空漂流了 9 年的"东方号"终于成功地返回了地球。

《飞向人马座》是中国科幻史上里程碑式的长篇小说，发表于 1978 年。这是一个有关人类广阔性的故事，是郑文光科幻小说系列的代表之一，荣获第二届全国少年儿童文艺创作一等奖。

小说虚构了一个速度的故事。3 个因为某一种速度被抛在太阳系外的少年，凭借另一种速度在 5 年后回到了地球。5 年的外太空流浪涉及悲伤、忠诚、坚定，涉及爱因斯坦和人类的成长。

在《飞向人马座》中，作者不但保留了自己在创作前期最重要的成果——强大的科学技术建构，同时在文学建构上力图摆脱政治化的偏向，寻求以人的命运作为文学建构的焦点。它在语言、气氛、人物情感等诸多方面显著地高于当时的其他作品，特别是在处理其中的科学内容上，作者以一种稍嫌女性化的文笔淡化了知识本身干涩的苦味，给读者一种已经将其中的科学技术内容融入了个人知识结构的独特感觉。在这部作品中，英雄主义、理想主义、浪漫主义、科学至上主义有机地融为一体，而且，所有的内容都与主人公个人的命运休戚相关。

 精彩选读

如果打开"东方号"的全息电影屏幕，那么，将会看到这么一幕惊心动魄的场面：一艘宇宙飞船，正在绕着一个看不见的东西疯狂地旋转。第一圈，它靠得近了点儿，似乎快要落到那看不见的黑洞里了。但是，蓦然间，它加快了速度。第二圈，它以更疯狂的速度绕了过去，离开得远点儿了。这一切，都是令人眼花缭乱地进行的。螺旋圈儿越转越大，速度也越来越快，宇宙飞船就像一柄旋转着的雨伞上的水珠一样，甩了出去。

这幅场景，"东方号"上的三位宇航员是看不到的。疯狂的加速度不但把他们紧紧压在座位上，而且就像当头一击，三个人全昏过去了。在将近7年的失重生活中，他们的心脏跳动得何等轻快啊！可是，突然间，心脏受到异乎寻常的重压，几乎由于过重的负荷而窒息。

"东方号"甩了出去，离开黑洞以后，这几个人才陆续苏醒过来。

"我们离开黑洞了吗？"亚兵嚷道。他急急忙忙解开皮带。但是继恩比他动作还快，一下子就跳起来。多么好啊，他们又处于失重状态了。受到重压过后的心脏搏击得非常剧烈，他们也猛烈地呼吸着机舱内不断更新的空气。继恩用极其轻盈的动作冲到仪表桌前，他低头一看：加速度：0，瞬时速度：149782 千米/秒。那边继来还在说："我们怎么一点儿也看不见

黑洞呀?"但是继恩完全呆住了。

每秒 15 万千米,这是光速的一半。除了基本粒子,人类从来没有获得过这个速度。这么一艘庞大的宇宙飞船具有这么高的速度,不知会产生什么效应?奇怪的是,他们一点儿也感觉不到这种从来没有人体会过的高速度——当然,他们明白,速度不论多高,人是不会感觉出来的。但是,如果达到光速,人的生理感觉是否会发生什么重大变化呢?

亚兵和继来都去看了这个数字。他们也明白,他们的宇宙飞船,就像在回旋加速器的强大磁场一样,被黑洞加速了。是好事,还是坏事?要看航向。如果航向是背离太阳的话,他们将难以有回来的机会了——速度达到光速的一半,地球上飞来救援的"前进号"就很难赶上了。但如果航向是反过来向着太阳的话,那么,他们就会在比较短的时间内回到地球附近,那时,"前进号"是可以很容易地伸出救援之手的。

关键就在于测定航向。

三个人面面相觑。他们的心里都透亮透亮,但是下不了这个决心。反正,这是无法改变的现实,早一点迟一点知道有什么关系?要准备着承受:最大的欢乐或者最大的打击,不要因为过度的欢乐使心脏跳动得太剧烈而晕厥,也不要因为致命的打击把三个长期远离祖国和亲人的青年的心摧垮。啊! ……

继恩瞅着他们俩。他在伙伴们的眼睛里读到多少希望的闪光,又读到多少害怕失望的激动!他犹疑着。7 年来他没有这么犹疑过,无论是在刚刚被抛入宇宙空间的时刻,在继来生命垂危的忧虑里,在暗星云挣扎的日日夜夜,或者面对强大的黑洞而准备搏斗的关头。在接到宁业中的电报以后这一段短短的时间里所经历的一切,暴风骤雨地展现在他面前。幕,终究是要揭开的……

继恩紧紧抿着嘴唇,轻声喊:"3025,开!"

宇宙显现出多么古怪的一幅图景啊!在宇宙飞船的前半部天空,成千上万颗紫色的星星在闪烁、浮动;而在飞船的后半部,又是成千上万颗红色的星星在闪烁、浮动。当然,"东方号"速度这么快,它迎面的星星肯定是要发生紫移的,而它背面的星星则要发生红移。然而,不,这不是星星的红移或紫移,这些星星甚至不是星星,而只是一些闪光,一些紫色和红色的闪光。也许是星星吧,不过是在亚光速条件下的歪曲了的影像?

不知什么时候,亚兵和继来已经靠近继恩身边。亚兵轻声问:"这是什么现象?"

继来皱着眉头说:"我一点儿也认不出来哪颗星星是哪颗星星了。"

"恐怕……"继恩迟疑地说,"我也说不清楚。我们是在亚光速条件下……"

"我们怎么测定航向呢?"亚兵愁眉苦脸地说。

继恩思忖了一会儿,斩钉截铁地说:"算了!到哪儿也没关系。我们总算经历了人类从来没有经历过的旅程,体验了人类从来没有体验过的生活。关于宏观世界的高速运动,过去人们只有一些推测、猜想,现在我们要好好利用这条件做些研究工作。"

"可是,成果……"亚兵悄声说,他忽然像蜂螫似的跳起来。"我们的望远镜……"

顺着他的手,继恩和继来只看见一根钢索在晃动,望远镜,早已不知去向。

"一定是叫黑洞吸去了。"亚兵恨恨地说,"我还有一部分底片没拿回

来呢。"

"多半是在我们高速旋转的时候,不知甩到哪儿去了。"继恩解释道。"现在它大概也成为宇宙空间的一个独立天体了……你刚才说到成果,我们的成果当然是巨大的,即使你后来拍的底片丢失了,单就剩下的底片来说,也是了不起的成果了。至于地球上的人类知道不知道,又有什么关系呢!我们还可以在'东方号'生活很长一段时间,我们还可以做很多很多工作。就算我们走到了生命的尽头,'东方号'还将作为一个天体在宇宙空间长时期运转下去。将来,人类在深入向宇宙进军的时候,会找到它的。我们的劳动成果也不会白费……"

"哥哥!"继来激动地紧紧攥住了他的手,泪流满面。

亚兵的眼睛也湿润了。

"干!"他坚决地说。"现在马上开始,我测量这些闪光的波长……"

"前进号"没有进入星际云,它以右船擦过星际云的边缘,而且立刻见着了银河系的核。

在这近2年的航程里,程若红自修完了天文学的课程。她一直因为自己的这个偶然的机遇高兴非凡,并且十分感激岳兰。这两个年轻的女宇航员已经结成了密不可分的朋友。宇业中还在研究中微子,当然也研究宇宙飞船捕捉到的、贯穿于宇宙空间的各种基本粒子。"前进号"有一个良好的高能物理实验室。他现在一点儿也不后悔这次航行了。地球上没有一个高能物理学家得到过这么优越的条件,而他,在这两年多的时间里的研究成果将来肯定会轰动全世界的。

岳兰全副精力用在搜索上。她操纵着宇宙飞船,就家驾驶汽车一样得心应手。越过暗星云以后,她知道,目标近了。她开动了"前进号"面向

飞向人马座

—— **165** ——

四面八方的激光探测器。不断的空白。有时遇到一两颗宇宙空间流浪的陨石和尘埃，"东方号"却仍然没有信息……

"休息休息吧，岳兰姐。"若红恳求地看着充满焦虑的岳兰。"让业中守着……"

"我怕我们飞得太快，很容易跟'东方号'错过。"岳兰忧心忡忡地说。

"可以减速。"业中插进来说，"或者在附近兜圈子——我也认为不要再往前飞了。"

"问题是，我们没有'东方号'的准确方位。"岳兰皱着眉头说。

"用中微子电讯机发一份电报，"若红提议说，"向各个方向都扫描一遍。"

"就算他们收到了，怎么回答呢？"

"他们可以用微波通讯设备回答。"业中回答道，"我记得你说过'东方号'是有这种设备的。"

"好的，"岳兰沉思着说，"我们再搜索三天，好吗？"

就在第三天一大早，激光探测器的屏幕上忽然出现了暴风雨般的斑点。是什么？星团？或者只是一伙流星群？太阳系里面就有不少，太阳系外恒星际空间就没有流星群吗？但是，这些斑点又忽然消失了，电视屏幕上像撕裂一样出现一道很浓很浓的痕迹。

岳兰看得发呆了，她甚至没有听见宁业中的叫嚷："就是他们呀！"

若红飘过来，拉拉岳兰袖子，指指业中。

"刚才过去的就是'东方号'！"业中激动得脸色苍白，"和我们斜斜相交叉，差点儿相撞……"

"什么？什么？什么？"岳兰连声问。

"赶快掉头呀，我的天！"宁业中说着，就飘回沙发上。"你们也快来，捆好自己，掉头，要不，赶不上了。他们速度跟我们不相上下……"

岳兰和若红匆匆忙忙捆住皮带的时候，岳兰问道："你怎么眼睛那么尖，偏你看见了？"

"不是我眼睛尖，仪器不就显示了？只有两个极高速度的物体相遇才会发生那样的冲击波。快，掉头，140度，开动红外跟踪器！"

岳兰机械地照办了。

"前进号"尾巴喷出一股炫目的强光，在太空中急促翻一个筋斗，就斜斜折回去了。

他们刚刚从短暂的、但是极强烈的超重中复苏过来，宁业中又嚷道："加速！"

岳兰却不理会。她打开微波通讯设备，拍发出下面的电报："'东方号'，继恩、亚兵、继来！我们来了。'前进号'，岳兰、宁业中、程若红。"

几乎是立刻，她就收到回电了："'前进号'！非常高兴。你们在哪儿？怎样会合？向未见过面的程若红同志致以最热烈的敬礼！继恩、亚兵、继来。"

"3秒。"岳兰高兴地说，"业中，若红，你们看，距离只有45万千米。"

三个人久久看着屏幕上的这几行字，沉默着。巨大的喜悦充塞着岳兰的胸膛，她的心脏几乎蹦出了胸口。

还是宁业中首先嚷嚷起来："快加速！"

然后他又喃喃自语："奇怪！他们怎么也有那么高的速度？难道他们在宇宙空间找到了新的能源？"

"等到会合了，你不就明白了吗？"若红笑着说，"书呆子，发愣什么，帮岳兰姐操纵吧。"

岳兰又给看不见的电子驾驶员下达了指令。这回，由于三个人都没有捆好，被加速度重重地抛到舱壁上，一个个碰得骨头都痛了。而这时，他们在电视屏幕上看到了前面的"东方号"，仿佛慢慢地飞行。不大一会儿工夫，"前进号"又赶到前面去了。

"不行。"岳兰重重地倒在沙发上。"我没法驾驶好，若红，你来。"

"我怎么行？"

"你是真正的飞行员嘛。特技飞行你都会做，这不比特技飞行难，主要是我……你看！"

岳兰举起手，她的手像树叶一样簌簌发抖。

宁业中说："根本用不着动手。你有一个出色的电子驾驶员。我来，号码是……2012，慢，向目标靠拢！"

最后几句指令他下达得又准确又干脆。

飞船颠簸了一下。过不大一会儿，他们看见，"东方号"一点点地赶上来了。

两只飞船并排飞行着。大家都没有窗户，但是都打开了电视屏幕。互相之间，人是看不见的，只看到对方的宇宙飞船像是一动不动地悬在宇宙空间。

两艘宇宙飞船交换着电报："别动，等着我们靠拢。"

"我们动不了——没有燃料。"

宁业中忍不住了，拍发了这样的电报："你们从什么地方找到能源？"

回电是这样的："没有能源——天体运动的力学法则帮助了我们。"

"哦，"宁业中惊叹了。

在"东方号"的屏幕上，看到"前进号"一点点地靠拢——非常慢，就像船靠码头一样。

"快，"继恩忽然醒悟过来，"穿上宇宙服。"

"我们没有喷气推进器了。"亚兵提醒他说。

"我们要在舱门口迎接他们。"

正在这时，屏幕上看见"前进号"舱门边外壳上伸出一根大约三米粗的管子，直对着"东方号"的舱门。

他们感觉得出这根管子接触到宇宙飞船船身的微微的震动。他们穿好宇宙服，打开舱门，看见两艘飞船已经依靠这根管子衔接在一起。管子里面是亮的。那边"前进号"舱门也打开了，穿着宇宙服的三个人络绎走了出来。

对接就这样实现了。

太空探险科幻小说赏析

天　　渊

图书信息

作者：弗诺·文奇

推荐版本：四川科学技术出版社 2005 年 4 月版

作者简介

弗诺·文奇（Vernor Vinge），美国著名科幻小说家，是塞伯朋克流派中活跃至今的作家。

弗诺·文奇

1944年出生于美国威斯康星州沃克莎市，8岁时就尝试过科幻创作，1966年从密歇根州立大学获得学士学位，1968年获得加利福尼亚大学数学硕士学位，1971年获得圣地亚哥分校计算机专业博士学位，后留校任教，在圣地亚哥州立大学数学系担任副教授。

弗诺·文奇拥有极高的声誉。作为数学家和计算机专家，他在硬科幻小说写作方面很有一手，尤以细节的缔造和令人惊叹的预见力著称。大量细致又经得起推敲的描述让虚构出的"异世界"及生活其中的种族几可乱真，这和他本身的科学素养大有关系。弗诺·文奇并不多产，但他的每一部小说都称得上经典。

代表作有《真名实姓》、《深渊上的火》、《天渊》等。

内容预览

经过数千年的搜索，人类终于发现了外星文明的迹象，此时的人类已经从地球殖民到了宇宙中的很多星系，并形成了灿若星辰的不同的文明。

太空探险科幻小说赏析

面对这一人类历史上最大的商机，散居太空的人类两大集团青河人和易莫金人同时奔赴外星人所在的开关星系。青河人专门从事星际间的贸易活动，他们不附属任何一个星球，他们的一生几乎都是在星际飞船当中度过的；而他们的对手易莫金人却通过"聚能"这种手段，把一些人变成了奴隶和机器，剥夺了他们作为"人"的自由。两大集团展开了一场自由与奴役、镇压和反抗的太空史诗。而在开关星系内，两支人类舰队几乎同归于尽，幸存者仍然继续着殊死搏杀。

与此同时，行星地表的外星种族"蜘蛛人"也在飞速成长。他们的样子有点像蟑螂和蜘蛛的混合体，但是从整体的角度来讲并不邪恶，只是进化的程度还不够。他们积极主动地参加到战斗中，成为斗争中举足轻重的一方……最终，他们和人类成为贸易伙伴和朋友。

品评赏析

《天渊》被誉为弗诺·文奇的最佳作品。发表于 1999 年，是弗诺·文奇雨果奖获奖长篇《深渊上的火》的前传——时间是 3 万年前。全书以范·纽文为核心，随着情节展开，一步步透露这位传奇人物的生平，详述青河人的起源，从另一个角度讲述了《深渊上的火》的故事。

《天渊》是一部比较典型的太空歌剧，作者通过不断转换的场景和几条主线，把不同时间、不同世界发生的各种各样的故事完美地结合到了一起。小说有两条主线：一条是青河人和易莫金人为了争夺开关星系而发生的斗争，另一条是开关星系的非人类智能生物蜘蛛人世界发生的故事。除了这两条主线之外，其实还有一条暗线：范·纽文和他一手发展壮大起来

的青河。两条主线在小说的结尾部分合二为一，人类和蜘蛛人成为贸易伙伴和朋友。同时，范·纽文对未来的安排也让这部小说和作者 8 年前的《深渊上的火》在情节上有了合理的衔接。

在这部长篇巨著中，文奇的开拓性和创造力达到了顶峰。他构筑了一个按文明层次分为三界的豆荚状宇宙，突破了硬科幻小说一成不变的物理法则，以史诗般的壮阔场景征服了读者，也因此获得了 1999 年星云奖的提名和 2000 年的雨果奖。

全书逻辑严密，情节紧凑，处处展示出科技的奇妙，尤其在细节的描写上值得称道。

想象力的充分展示。和过去一样，文奇创造的世界无比神奇，故事情节更是丰富到极点。

——格雷格·贝尔

我爱这部杰出的小说！和《深渊上的火》一样，出人意表，富于创见，让人沉溺其中不能自拔。

——拉里·尼文

弗诺·文奇的这部作品是一次真正的胜利，为它欢呼吧。这是一次漫长、美妙的阅读体验。

——格里戈里·本福德

《天渊》让我无比满足。这是弗诺·文奇迄今为止的最佳作品。

——迈克·雷斯尼克

就在这时，前方的主火箭点火了。

他们费了将近 3 万才从吉米迪姆选定的着陆点爬下山。这一趟可不轻松。登陆艇落在半山腰一块没有冰和气凝雪的地方，目标却在山脚一道狭窄的山谷里。按说那道山谷里应该满满登登填着 100 米深的气凝雪，但地形、气候的各种原因凑在一起，积雪只有半米。山谷中是一片迄今为止发现的最大的建筑群，毫发无损，被两边谷壁一挡，从空中几乎看不见。这里也许是通向蜘蛛人最大的冬眠洞窟群落之一的大门，又是温暖时期的一座城市。这种可能性很大。在这儿了解的无论什么情况都十分重要。按照联合行动协议的规定，所有图像都实时传送给易莫金人……上次参加会议之后，伊泽尔再也没听到任何有关那次会议决定的传言。从迪姆的行动上看，他尽了最大努力来掩饰这次到访，不让当地人察觉。青河人的这种做法，易莫金人一定早就知道。起飞离开后不久便会制造一次雪崩，吞没他们留在登陆艇着陆点的任何痕迹。连脚印都要仔细扫除（其实没有这个必要）。

到达谷底时，开关星正好升至头顶。如果在"阳光季"，这会儿应该是正午了。可现在，开关星看上去像一个有点泛红的月亮，侧倾角为半度。恒星表面斑斑驳驳，像水面上的一块块油迹。如果不打开显示增强器，单凭开关星的亮光只能看见身旁很近的地方。

登陆小队沿着一条类似中央大道的路径向前行进，五个身着太空服的人，还有一台随伴步行机。走在气凝积雪上，每走一步便"噗"地腾

起一股雪雾，只要这种气凝雪雾落到太空服上绝缘性稍差的地方，立即便化为气体。停步时间稍长的话一定要避开积雪较深的地方，否则用不了多久，他们就会裹在一团升华气体之中。

每隔 10 米远，他们便放下一个震动传感器或频响发射器。这样一来，走一圈之后，他们便能相当准确地探知附近什么地方有洞窟，还能清楚掌握建筑物内部有什么。后者对这次登陆行动更为重要。

他们想实现的最大目标是：找到文字材料、图画。只要能发现一本带插图的儿童读物，迪姆升官就铁板钉钉了。

几个微微泛红的灰影投在黑乎乎的大地上。这幅未经强化的图像让伊泽尔沉醉不已。真美啊，却又如此怪诞。这就是蜘蛛人真正生活过的地方。行经的道路两旁，他们的灰影子爬上蜘蛛人建筑的墙壁。大多是两三层高的建筑。就算光线黯淡，就算轮廓被积雪和黑暗弄得模糊不清，这些建筑仍旧绝不会被错认为出自人类之手。以人类标准而言，连最小的门道都宽得异乎寻常，但大多数的高度却不到 150 厘米。窗户也和门一样既宽且矮。窗户上着护窗板，关得好好的——放弃这个地方的工作做得有条不紊，做这些事的业主们以后是要回来的。

这些窗户像数百只细长的眼睛，注视着下面的五个人和他们的随伴步行机。文尼心想，如果哪扇窗户后突然亮起灯来会怎么样？护窗板后透出一缕灯光？他放纵自己的想象力，想了一会儿这个问题。如果他们自以为比当地人先进的想法是错的会怎么样？说到底，这些可是外星人啊。这样一个奇特的世界上不大可能自然进化出生命来，过去某个时间，他们一定有星际飞船。青河贸易空间的直径是 400 光年，持续保持技术文明的历史已经有数千年了。青河也接收过许多来自非人类文明的信号，但最近的都在数千光年以外，绝大多数更是远达数百万光年，永远不可能接触，连对话都不可能实现。蜘蛛人是人类亲身接触的第三种异族智慧生命——人类 8000 年的太空旅行历史啊，只有三个智慧种族。其中之一数百万年前便已消亡，另一个甚至还没有进入机器时代，更不用说太空飞行了。

五个人，走在朦朦胧胧、一扇扇狭长窗户紧闭的建筑之间。他们是在书写人类的历史啊。月球上的阿姆斯特朗、布里斯戈大裂隙的范·纽文……现在则是文尼、温、帕蒂尔、杜和迪姆，走在蜘蛛人的街道上。

无线电通讯中持续不断的对话停顿了片刻，这时，最响的声音就是他的全封闭太空服发出的吱嘎声和他自己的呼吸声。接着，低微的通讯对讲声又恢复了，指引他们穿过一片开阔地，朝山谷远端走去。分析员们显然认为这一道狭窄山谷可能通向某些洞穴，估计当地的蜘蛛人就藏身其中。

"怪了。"太空轨道上传来一个不熟悉的声音，"震动传感器发现了什么动静——正在听——发自你们右侧的建筑物。"

文尼猛一抬头，窥视黑沉沉的建筑。也许不会亮起灯光，但传出声音也一样吓人。"有人走动？"迪姆问。

"说不定只是房子下陷发声？"本尼道。

"不，不。是一种脉冲式声音，类似滴答声。嗯，我们收听到了有规律的节拍声，不断反复，每次反复稍有衰减。频率分析……像机械设备发出的声音，有活动部件，诸如此类的……行了，停止了，只有一点残留的回声。迪姆队长，我们已经准确标定这一装置的位置，在离你们较远的一角，高出街道平面 4 米。导向标已发送给你。"

导向符号飘浮在小队成员的头戴式显示系统中，文尼和队友们在它的指引下前进了30米。大家全都蹑手蹑脚偷偷摸摸，其实如果房子里有人，他们这一伙清清楚楚就在人家眼皮底下。细想想，几乎觉得有些好笑了。

导向标引导他们绕过拐角。

"这幢建筑看上去没什么特别的。"迪姆道。和其他房子一样，这一幢也是不用灰泥的石砌建筑，上面的楼层比底层稍稍凸出一点，"等等，我看见你们指示的目标了。像个……陶瓷盒子，钉死在第二层的凸出悬垂部位。文尼，你离它最近。爬上去瞧瞧。"

伊泽尔朝那座房子走去，这时才发现不知哪个帮倒忙的家伙删除了导向标。"在哪儿？"他能看见的只有阴影中灰扑扑的一幢石头房子。

"文尼，"迪姆平时说话就狠巴巴的，这时更严厉了，"昏头了？醒醒！""对不起。"伊泽尔感到自己脸上有些发烧，他常犯类似错误。

文尼打开视像增强功能，眼前顿时变成了彩色世界。太空服能感受不同的光谱，并复合成不同的色彩。刚才是一团暗影的地方，这时清清楚楚。他看见了迪姆所说的盒子，就安装在他头顶上方几米处的地方，"马上就好，我再靠近点。"他走近墙边。和大多数建筑一样，这一座也装着一道道宽宽的石板。分析员们认为它们是梯级。管它是什么，文尼刚好用得着，不过他拿它们当长梯使，而不是普通楼梯。一会儿工夫，他已经在盒子旁边了。

这是一台机器，两边还有铆钉哩，真像中世纪传说中的东西。

他从太空服里抽出传感棒，挨近盒子。"要我碰碰它吗？"迪姆没回答。这其实是向空中那些人提出的问题。文尼听见几个声音在商量着。

"在它周围轻轻摇晃摇晃。盒边有记号吗?"特里克西娅!他知道她会在上头密切观察,但能听到她的声音,这可真是个让人高兴的意外。"有,女士。"他一面说,一面将传感棒举在盒子前来回晃动。盒子侧面有些东西。是文字还是自己的视像扫描系统双重扫描复合算法造成的错觉?真要是文字的话,那可是个小小的惊喜。

"好了,现在你可以把传感棒放在盒子上了。"最早说发现动静的那个声音道。伊泽尔照办了。

几秒钟过去了。蜘蛛人的梯子真太陡了,他只好尽量向后仰身。气凝雪从梯级上雾腾腾升起,然后下落。他能够感觉到太空服里的供热器提高了功率,以补偿梯级上的冷气。

上面又说话了。"真有意思。这东西是个传感器,相当于刚脱离蒙昧时代的技术水平。"

"是电子的吗?在向远程控制端发送信号吗?"文尼吃了一惊:是女人的声音,带易莫金口音。

"啊,你好,雷诺特主任。不是的。这个装置怪就怪在这里。它是个自足系统,'动力源'好像是由一个金属弹簧阵列提供的。机械式钟表结构。你熟悉这个概念吗?既可以计时,同时又能为运动部件提供动力。能够长期在严寒中正常工作,同时不能太复杂……唔,说实话,恐怕这是唯一的办法了。"

"可是,它探查的是什么呢?"说话的是迪姆。这个问题很有道理。文尼又开始胡思乱想起来。也许蜘蛛人比大家想象的聪明得多,也许他自己身着太空服的图像正显示在他们的探测屏幕上。

还有,如果这盒子还联着某种武器,那可如何是好?"我们没有发现

任何摄像器材，队长。现在它的内部结构已经看得很清楚了。一个齿轮带动记录纸带，纸带上面是4根记录针。"

这些术语得自有关失落文明的教材，"我是这么估计的：每一天，齿轮转一格，把纸条拖出来一点，记录下温度、压力……另外两个量我现在还拿不准。"每天如此，时间长达200多年。如果换了人类的哪种原始文明，要制造出这样一台能工作这么长时间的有活动部件的机器，非得大伤脑筋不可，更别说在这么低的温度中工作了，"我们走过时它正好开始记录，这是我们的好运气。"

接下来是一阵技术方面的讨论，上面在争论这种记录仪到底能有多复杂。迪姆让本尼和其他人用皮秒级频闪器扫一扫这块地方。没有任何闪光反射回来，说明没有人用光学镜头在直线距离上窥视他们。

文尼则继续靠在梯子上。寒气开始渐渐渗入他的封闭式太空服。这套太空服的设计功能里没包括与超低温物体保持持续接触。

他在窄窄的梯子上笨拙地换了换脚。在一个G的重力环境里，常玩这种杂技，人可是老得快啊……换了姿势以后，他现在可以看到拐角的另一侧。那一侧的窗户上有几根板条脱离了。文尼摇摇晃晃从梯子上探出身去，竭力分辨屋里的东西。屋里所有东西上都覆着一层气凝雪，放着一长排一长排齐腰高的架子或柜子。这之上是一个金属结构，以及更多矮柜。每一层都有蜘蛛人梯子，通向上面一层。当然，对蜘蛛人来说，这些柜子肯定不会是"齐腰高"。哎，顶上还散放着什么东西，一垛垛的，每一个东西都是由许多薄片组成，薄片一端钉在一起。有的东西是合上的，有的则是摊开的，像扇子。

突然间，他明白了什么叫电击般的感觉。文尼想都没想，在公开频道上说："打断一下，迪姆队长。"

来自上方的对话也停了下来。

"怎么了，文尼？"迪姆问道。

"切换到我的视角看看。我认为我们发现了一座图书馆。"

上方某个人一声欢呼，很像特里克西娅。

（李克勤 译）

银河英雄传说

作者：田中芳树

推荐版本：北京十月文艺出版社 2007 年 5 月版

开普勒的梦

Kai Pu Le De Meng

太空探险科幻小说赏析

作者简介

田中芳树

田中芳树，原名田中美树，"著作多数，完结作少数"的代表作家。

1952 年生于日本熊本县本渡市，1972 年入读学习院大学文学部国文科，并在 1984 年于学习院大学文学部人文学科研究所修完博士课程。1975 年起开始发表作品，擅长撰写幻想故事的他，不久便成为"架空历史小说"的代表人物，其作品趣味性和思想性兼备，广为人所称道。1982 年改笔名为田中芳树。1988 年获得"日本星云奖"。

田中芳树的作品题材丰富，在科幻、冒险、悬疑、历史各领域都有佳作，以壮阔的背景、幻想罗曼史、细密的结构、华丽的笔致闻名。虽然他笔下的历史时空是虚构的，但所描写的人物世界却十分真实。每一个角色均充满着血肉感，如同活生生的历史人物，交织出一幕幕扣人心弦的真实历史场面。

田中芳树的作品还有一个特色，就是人物数目众多，相对而言，田中芳树作品的另一个特色就是角色死者也是众多。因此田中有着一个不能算是"雅致"的称号——"杀尽众人的田中"。

代表作有《银河英雄传说》、《创龙传》、《亚尔斯兰战记》等。

— **182** —

 **内容预览**

公元 2801 年，宇宙元年，银河联邦建立。宇宙历 310 年，联邦被鲁道夫·冯·高登巴姆篡夺，银河帝国诞生。帝国历 218 年，一部分被流放的共和主义者成功逃离帝国，在领袖海尼森的领导下找到适合人类居住的星球，并建立了自由行星同盟。帝国历 331 年，银河帝国与自由行星同盟两大势力首次互相接触，帝国惨败。而后银河陷入了长达 150 年的战火之中，历史的车轮停滞了。老迈腐朽的帝国和早已失去当初建国理想的同盟之间的战争连绵不绝，流血日子仍不断继续……

帝国历 5 世纪末，出现了两位年轻的英雄：帝国的莱因哈特·冯·罗严克拉姆，和他一生的宿敌杨威利。历史的车轮又开始转动了。整个银河的局势朝着人们预想不到的方向急剧变化起来，分裂，内乱，旧王朝消亡，新王朝崛起，同盟灭亡……

最后，在尤里安和皇帝莱因哈特谈判下，决定以军事要塞伊谢尔伦的归还为代价，换取原同盟首都海尼森的内政自治权，使亚雷·海尼森和杨威利所传承下来的自由民主的种子能在宇宙中发芽。

宇宙历 801 年，新帝国历 3 年 7 月 26 日，地球教最后的余党试图尽最后的努力刺杀皇帝一家，但最后却误中副车，杀害了重臣军务尚书奥贝斯坦。皇帝莱因哈特在交代了狮子之泉七元帅升迁等后事后病逝，皇后希尔德根据莱因哈特遗嘱以摄政皇太后的身份成为帝国的下一任支配者，两人的儿子亚历山大·齐格飞成为罗严克拉姆王朝的第二任皇帝。

银河英雄传说

太空探险科幻小说赏析

《银河英雄传说》是田中芳树的代表作之一。开始于1982年，完稿于1987年，也是田中的第一部长篇小说。

《银英》是一部非常经典的架空历史小说。故事的时代背景设定在遥远未来的宇宙时代，人类历史的舞台被搬到了浩瀚的银河。小说以人为本，展现人性，探索人类历史的发展规律。另外，田中还从旁观者角度阐述了自己对社会和历史等的看法，覆盖面包括帝制和共和、政治和经济、民主与独裁、战略及战术、宗教与历史等，对人类社会发展进行一场严肃的讨论，让人觉得是在阅读一部人类社会兴衰史，同时也引起读者对人性和政体演变以及社会发展的深层次思考。而在历史的洪流之中，各种不同价值观的碰撞，则是《银英》的主旋律。

全书共10卷，200余万字，跨越近1500年银河历史，前后有200多位巨星一样的人物闪耀登场，一出版即引起强烈轰动。小说发表后，田中立刻成为日本文坛无人不晓的人物。而后《银英》被译成其他文字在国外出版，也得到了一致欢迎。一时洛阳纸贵，并于1988年以压倒性的人气一举摘得日本科幻小说大奖——"星云奖"。

自由行星同盟宇宙舰队司令官亚历山大·比克古元帅在旗舰的办公室中为作战做最后检查。姑且不论他自己本身的想法，尽可能地提高胜算是

指挥官的责任。

在这场"自由行星同盟最后的战役"中，同盟军所能动用的兵力到底有多少并无法确定。统合作战本部丧失了军部统御的机能，许多的资料及记录都已经被丢弃，只有靠推断及记忆去填补空白。即使如此，仍然查出了舰艇有 2 万或者 2.2 万艘，兵员多达 230 万或 250 万人，远超出众人的想象。

"宇宙历 800 年初的马尔・亚迪特之战与其说是自由行星同盟最后一战，不如说是皇帝莱因哈特和比克古之间的私人会战。"

有人这么极端地评论着，但是，至少比克古是张着同盟的旗帜而战，背弃失去统治能力的同盟政府制造到老将身边的将兵们，是把比克古视为同盟的象征，而不是那些沦落在首都海尼森的政军重要人物。这不是一件可以论断对错的事情，这是一个事实。"巴拉特和约"成立之后半年就面临破裂的局面，从长期的战略立案来看，很明显地对同盟军有极大的不利，但是从战舰废弃还不到一半的观点来看，这时候撕破脸反而是有利的时机。

"面包店第二代老板"邱吾权上将在整备兵力时使自己处于两面为难的立场。在整备足够的兵力可以积极对付莱因哈特侵略的同时，他还必须为顾及日后留下兵力给杨威利。就如"帝国双璧"所察知的一样，他一方面把自己定位成同盟军葬礼上的主祭司，另一方面又是帮助民主共和革命军生产的助产士。因此，他把有才能又可信赖的旧杨舰队干部们送到艾尔・法西尔去。

这个时候，姆莱、费雪、派特里契夫等人所率领的舰队还没有和杨碰面。他们一开始就为了避免和同盟军摩擦及和帝国军接触，所以迂回绕行

銀河英雄傳說

边境的星区前往伊谢尔伦。平常只要一个月的时间就已经绰绰有余的行程，这一次却因为要半摸索着在许多未曾走过的边境航路中前进，所以速度大打折扣。在法拉法拉星域时，由于恒星爆发，通讯因而中断，使舰队分散了开来。好不容易再次编队完成时，运作舰队的名人费雪因为过度劳累而发高烧，心志产生动摇的士兵中又有人企图脱队，一时之间，舰队濒临解体的危机。这个时候姆莱赶忙掌握主力，另一方面，派特里契夫又和施恩·史路率领精锐部队镇压造反者，就只差那么一点时间，造反差点就成功了。

本来派特里契夫总遵守着杨威利"穷寇莫追"的主义，但是这一次不同，如果让造反者逃离的话，就有可能导致己方的目的及位置曝光之虞。由于他们对自己的舰队战没有十足的把握，所以连姆莱都不得不为保密而显得有些神经质。在把造反者监禁之后仍然一再地为事故的发生及反抗计划烦恼，根据施恩·史路的回忆，在"足以与长征一万光年的一片鳞片相匹敌"的辛劳之后，他们终于进入了伊谢尔伦回廊而和杨威利再度碰面，这是宇宙800年1月下旬的事。当时，杨释放了被监禁的造反者近400人，给予他们自离开海尼森之后的薪水。一半的造反者乘着太空船离去了，另一半的人则改变了主意留在伊谢尔伦要塞，和杨威利一起作战。

亚历山大·比克古元帅原应在宇宙历800年迎接他74岁的生日的，但是他却一点都不期待着在插满在生日蛋糕上的蜡烛试试自己的肺活量。

参谋长邱吾权带着一张欠缺紧张感的表情走进室内。

"应该休息了吧？阁下。"

"唔，是有这个打算，不过，我还是想打一场明明白白的仗。"

"没关系。没有什么事是可以让皇帝莱因哈特吃惊的。"

“希望如此。但愿除了我本身之外，不要造成太多的死者。现在虽然还没有成为事实，不过，那真是一件罪孽深重的事啊！”

“来世您就做个医生吧！这样应该就可以补偿前过了。”

比克古以极为意外的眼神看着参谋长。因为他从不认为邱吾权会使用来世这种字眼。然而，他没有把这个想法说出口，只是一边用手指头按摩着疲惫的眼睑，一边像是自言自语地说道。

“想来，我应该是个幸福的人哪！因为在我整个人生的最后阶段，得以和莱因哈特·冯·罗严克拉姆及杨威利这两个无与伦比的伟大用兵家相会，而且我可以不用看到这两个人之中的任何一人被击败的景象。”

除此之外，也不用看到自由行星同盟完全灭亡的情景——这不是邱吾权的听觉所能捕捉到的声音，而是以洞察力所得到老元帅无言的感慨。

这一年的 1 月 16 日，在经过无数的前吵事件之后，帝国军和同盟军终于正面发生了冲突。

帝国军采用标准的凸型阵，但是前锋并没有那么突出，只是以厚重的阵形深充企图压制住敌人而前进。和位于回廊正面的同盟军对峙，开炮互击是在 10 时 30 分的时候。

“射击！”

“发射！”

双方下达指令的时间几乎没有秒差。

数万道光柱贯穿了无尽的黑暗，能源的白牙咬噬着舰艇，光芒炸裂，把双方的战斗银幕化成了绚烂花团。而每一道炸裂的火光都等于数百条的生命。

第一阵交战结束之后，同盟军的舰列一边继续秩序井然地炮击，一边开始快速地后退。帝国军的前卫格利鲁帕尔兹和克纳普斯坦猛烈地向前推进，和企图退至狭窄回廊内的同盟军后卫展开了激战，给予同盟军相当大的损伤。10时50分，克纳普斯坦成功地进入了回廊。

然而，11时20分，帝国军的左侧被一股恒星风暴袭击而造成混乱，舰列失去了秩序。米达麦亚大声叱责手忙脚乱的部属，让他们再构成阵形，然而突入回廊内的克纳普斯坦军的密集阵形却受到同盟军的炮火猛烈攻击而无法回避，舰列挤在狭窄的宙域内，引起了一连串的爆炸火光。

"搞什么鬼？这样只会消耗战力而已。立刻后退，把敌人引出来！"

莱因哈特的斥责声虽然没有办法达到那么遥远的地方，但是克纳普斯坦已经注意到把庞大的兵力聚集在狭窄的回廊内之危险性而开始后退了。同盟军集中的炮火极为猛烈，克纳普斯坦的前锋纷纷绽出白蓝色的爆炸光芒而粉碎。尽管帝国军已觉悟到必会有某种程度的损伤，但是放射出来的能源流及破碎的舰体却乘着恒星风从正面扑向帝国军的舰列，如同在帝国军受伤的伤口上再撒上盐巴一样。帝国地理博物协会年轻会员的军服内冷、热汗直流，勉勉强强阻止了舰列的继续崩溃，一边承受着炮火的攻击，一边企图从回廊中退出来。

比克古禁止部下追击。很明显地，因为在狭窄的回廊中战斗，同盟军才可以占到优势，但是，如果进到广大的安全宙域作战的话，一定会被帝国军压倒性的大军所包围。格利鲁帕尔兹一从回廊脱身就立刻让阵形散开，准备应付敌方的追击，然而，同盟军并没有追上来，所以他忍着损失近三成兵力的遗恨，重新整编残存的兵力，再次于回廊的出口布阵。这是12时10分的事。这个时候，透过旗舰伯伦希尔舰桥的荧幕观看战斗情形的莱因哈特已经对法伦海特一级上将下达了指令。

"以你的兵力，把那只病老虎从巢里赶出来！"

历经百战的法伦海特不需要更具体的战术指令了。他那水色的眼中闪着光芒对麾下的舰队下了命令，以最快的速度突破危险的宙域，绕到回廊的背后，给同盟军致命的一击。如果背面被攻破的话，同盟军就会被迫往前推进，如此一来，同盟军就会全体暴露在帝国军完全展开的集中炮火中。

13时0分，克纳普斯坦取代格利鲁帕尔兹开始侵入回廊。这是不让敌人识破己方采取迂回作战时常用的老套战法。当然，他的任务不只是集中敌人的注意力而已，还要消耗敌人的战力，同时更要和迂回的己方战友相呼应。这对克纳普斯坦来说或许是让他累积作为一个用兵家的宝贵机会——当然，如果他能在历经激战之后残存下来的话。

"接下来，会变成怎么样呢？"

罗严塔尔在心中嘟囔着，这自然有他的道理存在。克纳普斯坦在回廊中会受到准确而实在的集中式炮击，立刻会陷于不利之地。他既没有占得地利，在经验上的差别又大。要一举击溃对方而不前进，同时又要维持住舰队的秩序，这的确不是一件简单的事。

视线固定在战斗荧幕上，司令官米达麦亚元帅的声音传给了映现于副银幕上的部属们。

"我不想杀那个老人哪！拜耶尔蓝，他虽然是敌人，却也是个值得敬爱的老伯。"

"属下也有同感，可是就算我们招降，他大概也不会答应吧？以属下的立场来说，即使败给敌人时，属下也不想改变自己服膺的旗帜。"

米达麦亚点了点头，不过，他仍然微微蹙了蹙眉头提醒拜耶尔蓝。

太空探险科幻小说赏析

"你只要放在心里想就好，小心不要随便乱说。"

臣服于以前的敌人，现在也算是重要人物的法伦海特及修特莱自有他们的生存理念，而他们也不应该受到指责的。以他们的情形来说，他们最初服膺的旗帜就错了，在认同了敌人的能力及人格之后才算是他们真正的人生。不管怎么说，同盟军的善战实在值得赞赏。本来，不论是在兵力或第一线指挥官的能力方面，所有的战略要因都对帝国军有利，然而比克古巧妙地削弱了帝国军的战力，充分地运用了地利，弥补了兵力上的差距。

"同盟军这些家伙！不让我们轻松吗？"

莱因哈特像刚听完可惜的一小节一样地赞赏着。他虽然有获得完全胜利的自信，但是敌人用兵技术的精妙却也令他大为高兴。

罗严塔尔虽然不禁苦笑出来，不过那也只是一瞬间的事。看见号称豪勇的帝国军和残弱的敌人苦斗的情景，他感到一丝讽刺般的喜悦，然而，身为皇帝首席幕僚的他却不得不负起掌握增援部队、控制整个战局时机的责任。增援部队虽然已确定为艾杰纳舰队，但是在这种毫无秩序可言的混战中，要切实掌握动用增援部队的时机却不是一件容易的事。

（陈惠莉 译）

银河系漫游指南

 图书信息

作者：道格拉斯·亚当斯

推荐版本：四川科学技术出版社 2005 年 6 月版

太
空
探
险
科
幻
小
说
赏
析

作者简介

道格拉斯·亚当斯

道格拉斯·亚当斯（Douglas Adams，1952～2001），英国著名的科幻小说作家，幽默讽刺文学的代表人物、第一个成功结合喜剧和科幻的作家，同时也是一位广播剧作家和音乐家。

1952年出生于英国剑桥，1957年父母离婚，他随母亲和妹妹搬到位于布伦特伍德的外婆家里。他外婆是皇家防止虐待动物协会的成员，在家里抚养受虐待的动物。在那里亚当斯得了花粉过敏症和哮喘。

亚当斯在布伦特伍德上学，6岁时参加小学录取考试并被收录。他在布伦特伍德学校从小学一直上到中学花了12年，期间他最感兴趣的是自然科学。小学时他在英语课上被他的英语教师列入他所教过的写作最优秀的十名学生之一。亚当斯早年的一些作品曾在学校的杂志上发表。他的一封信和短篇故事发表在英国的一份男孩杂志上。12岁时亚当斯就已经达到了1.8米的高度，最后长到了1.96米。上学时他还曾打算穿越欧洲到土耳其的伊斯坦布尔，并为积攒路费打了不少零工。

1971年亚当斯写了一篇关于宗教诗歌的文章，在这篇文章中他将披头士乐队与威廉·布莱克联系到一起，这篇文章的优秀使亚当斯获得了剑桥大学圣约翰学院的奖学金。他入院读英语文学，1974年获得英语文学学士

学位，后来又获得硕士学位。

由于亚当斯一开始卖不出他的笑话和故事，他不得不以其他工作为生。他写作、表演，有时也导演戏剧小作品。他还做过医院门房、建筑工人，清扫过养鸡场，当过保镖，和写过电视剧剧本。

广播连续剧《银河系漫游指南》成功后亚当斯成为英国广播公司的广播剧制片人，但是他在这个位置上只工作了半年就专心写作《神秘博士》的剧本去了。

1984 年，亚当斯成为最年轻的畅销书奖得主。

此外，他还是 H2G2 数字媒体和网络公司的创始人，并参与制作了《星河舰队》的合籍和电脑游戏。

代表作是银河系漫游五部曲，包括《银河系漫游指南》、《宇宙尽头的餐馆》、《生命、宇宙及一切》、《再见，谢谢鱼》、《基本无害》。

内容预览

地球被毁灭了，因为要在它所在的地方修建一条超空间快速通道。主人公阿瑟·邓特活下来了，因为他有一位名叫福特·普里弗克特的朋友。这位朋友表面上是个找不着工作的演员，其实是个外星人，是名著《银河系漫游指南》派赴地球的研究员。两人开始了一场穿越银河的冒险。

在旅途中，他们遇上了一批非常有趣的同伴，其中包括长着两个头和三条胳膊的银河大盗、同时也是银河帝国总统的赞福德·毕博布鲁克斯，天才机器人马文，赞福德的同伙崔莉恩等。在这场奇幻的星际之旅中，阿瑟·邓特发现了许多宇宙中真正本真的东西，发现了一个人所能带着的最有用的东西就是毛巾，在不断经历过挣扎、恐惧、失望和成功后，阿瑟·邓特领悟了到生命之于他的意义。阿瑟·邓特还发现，他所探求和想知道的一切在那本《银河系漫游指南》的书中都能找到。

《银河系漫游指南》是银河系漫游系列的第一本，是一部非常风趣的小说，被西方科幻爱好者奉为"科幻圣经"之一。

原著是一部广播剧本，1978 年在 BBC 播出后引起强烈轰动，道格拉斯·亚当斯随即将它写成小说，化身为小说的《银河系漫游指南》成了科幻史上的一座里程碑，英文版销量超过 1400 万册。在英国广播公司一项调查中，《银河系漫游指南》取得"有史以来最受读者喜爱的小说"的第四位。这本书先后被改编成广播剧、电视剧、舞台剧和电脑游戏，甚至连印有相关图案的浴巾也一度热销。

由于银河系漫游系列小说的突出成就，国际小行星管理委员会甚至还将一颗小行星命名为阿瑟·邓特——该系列的主人公。

2003 年，BBC 评出《银河系漫游指南》在"100 部英国人最喜欢的文学作品"中排行第四十五位。

道格拉斯·亚当斯的《银河系漫游指南》，颠覆了人类思维的常态。它提醒地球人，面对广袤虚空，"人"就像"无知的原始人"，人对银河系事务的了解程度，"简直和一只非洲蚊子对北京生活的了解程度没什么区别"。

科幻小说，却又滑稽风趣到极点……古怪、疯狂，彻底跳出此前所有科幻小说的固有套路。

——《华盛顿邮报》

无法抗拒。

——《波士顿环球报》

主角阿瑟·邓特与库尔特·冯尼格笔下的人物颇为神似，全书充满对人类社会现实的嘲讽和批判。

——《芝加哥论坛报》

一句话，这是有史以来最滑稽、最古怪的科幻小说，封面和封底之间，奇思妙想随处可见。

——《图书周刊》

荷马史诗《奥德赛》的疯狂古怪版，书中人物漫游银河，带给读者无限的欢乐。

——《出版周刊》

在遥远的银河系螺旋臂的另外一端，距离那颗叫做太阳的恒星 50 万光年以外的地方，银河帝国政府的总统赞福德·毕博布鲁克斯正在飞速通过达蒙葛兰的海洋，他的离子驱动德尔塔形快艇在达蒙葛兰的阳光下闪闪发光。

达蒙葛兰太热了；达蒙葛兰太远了；达蒙葛兰几乎根本没有听说过。

达蒙葛兰，黄金之心的秘密据点。

而今天正是计划的巅峰、揭晓一切的伟大日子，即黄金之心最终向整个惊呆了的银河系展示的日子，同时也是赞福德·毕博布鲁克斯个人达到巅峰的伟大日子。因为，当年正是在这一天，他第一次决定参加总统竞选，这一决定在整个银河帝国引起了轩然大波。赞福德·毕博布鲁克斯？总统？不是赞福德·毕博布鲁克斯？不是总统？许多人把这一决定视为一条确凿的证据——已知的整个宇宙最终都疯掉了。

想到这里，赞福德咧开嘴笑了，又把快艇的速度提高了一档。

赞福德·毕博布鲁克斯，投机分子、曾经的嬉皮士、一个守时的人、（骗子？很有可能）、疯狂的个人宣传家，人际关系极端恶劣，总想着外出午餐。

总统？

没有人发疯，至少是在这件事情上。

整个银河系中只有 6 个人理解管理银河系的原则，他们知道，一旦赞福德·毕博布鲁克斯宣布他将竞选总统，这差不多也就是既成事实了：他绝对是一个理想的总统坯子。

他们所完全不能理解的是，赞福德为什么要这样做。

他正驾驶着快艇猛地拍打海面，朝着达蒙葛兰太阳的方向激起一片狂野的水幕。

今天是时候了；今天他们将知道赞福德的全盘计划。今天是赞福德·毕博布鲁克斯整个总统任职的目标所在。今天也是他 200 岁的生日，不过这只是一个毫无意义的巧合而已。

驾驶快艇在达蒙葛兰的海上飞驰时，他自己暗暗地笑着，这将是多么美妙和激动人心的一天啊。他放松下来，两只胳膊懒洋洋地撑在座椅靠背

上。他用另外的一只手掌舵，这是他最近才装上的，就在右手下面，用来提高他进行滑雪拳击运动的能力。

海岛悬崖的顶端站着一群迎接者。

他们主要由建造了黄金之心的工程师和研究人员组成——大部分属于人类，但间或有些具有两栖动物特征的生物，两三个绿色的苗条生物，一两个八脚生物，还有一个藏青色生物（藏青色是一种超级色度的蓝色）。除了藏青色生物以外，别的都穿着彩色工作服，显得华丽而耀眼。

一种狂喜的情绪使他们激动不已。他们通力合作，达到并且超越了物理法则最远的界限，重组了物质的基本结构，拉紧、拧合以及打破了可能性（概率）与不可能性（非概率）的法则。不过，最让所有人激动的是，他们即将见到一个脖子上挂着橙色饰带的人（橙色饰带是银河系总统传统的标志）。他们不会知道银河系总统实际上所拥有的权力有多么可怜：完全等于零。整个银河系中只有 6 个人知道，总统的作用不是掌握权力，而是吸引注意力远离这权力。

赞福德·毕博布鲁克斯把这份职责完成得非常之好。

总统驶进海湾时，人群一下子屏住了呼吸，他们被阳光晃了眼，更被他的驾驶技术镇住了。快艇闪耀着光芒，像是装了宽阔的滑轮一样滑行在海面上。

实际上，快艇根本就不用接触水面，因为它是靠一层电离化了的原子气垫支撑的，而看上去伸进水中的鳍翼只不过是为了引人注目才装上的。驶过海湾时，这些鳍翼把海水激到空中嘶嘶作响，深深地切开海面，在船尾的痕迹中留下大团泡沫。

赞福德喜欢引人注目：这正是他最擅长的。

他猛地打了一下舵，快艇划出一道弧形后停在悬崖下面，在风浪中起伏。

几秒钟后，他来到甲板上，向30亿人挥手微笑。这30亿人并非真的在现场，但是他们通过一架正奉承似的在附近空中盘旋的遥控三维摄像机的镜头可以清楚地看到他的一举一动。总统那些古怪的举动是最受欢迎的三维图像：三维摄像机就是专门记录这些的。

他又笑了笑。这30亿零6个人并不知道，今天会发生他们根本预料不到的更大的古怪。

那架遥控摄像机飞得更近了，镜头对准了他那很受欢迎的双头，他又开始挥手。他的外表完全是人类的，除了多出的一个脑袋和第三只手。他的两头金发乱七八糟地向四周炸开，蓝色的眼睛中闪烁着一些完全无法辨别的东西，下巴则几乎从来没有刮过。

一片掌声雷动中，赞福德·毕博布鲁克斯走出快艇，他的橙色饰带在阳光下闪耀着。

银河系总统驾到！

掌声停下来后，他举起手，向人们致意。

"嗨。"他说。

每个人都朝他微笑着，或者，至少几乎每个人。他从人群中认出了崔莉恩。这个女孩儿是赞福德最近才从所访问的一个星球上选出来的，只是为了玩玩而已。她很苗条，肤色浅黑，人类的模样，有着一头黑色的波浪长发，嘴唇丰满，鼻子稍稍有些突出，褐色的眼睛显得很可笑。她系着一条红色的头巾，打结的方式很特别，穿着褐色的丝绸长裙，这些使她看上去多少有些像阿拉伯人。当然，这里的人们谁也没有听说过阿拉伯人，毕

竟这个种族离达蒙葛兰足有 50 万光年之远。崔莉恩并非什么特殊人物，起码赞福德是这么声称的。

"嗨，宝贝儿。"他冲她打了个招呼。

她对他微微笑了笑，随即移开目光。过了一会儿，她又看过来，这次笑得热情多了——不过，此时赞福德的注意力已经转移到其他人身上去了。

"嗨。"他对身边的记者们说，他们站在他周围，希望能听见他停止说"嗨"，而发表一些妙语。赞福德特意冲他们笑着，因为他知道，用不了一会儿他就会让他们大吃一惊的。

他的话对这群人一点儿意义都没有。一个官员于是慌乱地判定总统今天显然没有心情再宣读精心为他准备的讲稿了，所以他摁下衣服口袋里遥控设备的开关。在他们面前，一个直刺向天空的巨大的白色穹顶啪的一声从中间裂开，折叠起来缓缓地向地面下降。每个人这时都屏住了呼吸，虽然他们很清楚即将发生什么，因为这就是他们建造的。

在这个穹顶下面，露出来的是一艘巨大的飞船，足有 150 米长，外形看上去像一只光滑的跑鞋，纯白色的，漂亮极了。就在这艘飞船的心脏位置，看不见的地方，放着一个小小的黄金盒子，里面装着头脑所能构想出来的最伟大的装置，正是这个装置使得这艘飞船成为银河系历史上独一无二的飞船，飞船的名字正是按照这个装置的名字来取的——黄金之心。

"哇!"赞福德·毕博布鲁克斯对着黄金之心赞叹道。他确实也找不到别的什么话来表达此刻的感受了。

"哇。"他又重复了一遍，因为他知道这会使记者们感到很恼火。

人们纷纷转过脸来期待地看着赞福德。他则冲崔莉恩眨了一下眼，她

银河系漫游指南

正扬起眉毛睁大眼睛望着他。她知道他将要说些什么，她很清楚他是个多么爱炫耀自己的人。

"真是太惊人了，"他说，"绝对震撼！这东西简直让人疯狂，我甚至想把它偷走。"

这可是句货真价实的总统语录，绝对值得大大引用一番。人群中爆发出赞赏的掌声，新闻记者们则一个个喜笑颜开地敲打着亚以太新闻机的按键。总统咧开嘴笑了。

正笑着，他的心脏却发出了令人难以忍受的尖叫，他赶紧把手伸进衣兜，捏住静静躺在里面的那颗小小的麻痹剂炸弹。

终于，他无法再忍受了，于是仰头向着天，用大三度的高音发出一声野性的叫喊，同时把炸弹扔到地上，然后朝前猛冲，穿过那一片突然凝固的笑脸的海洋。

（徐百柯 译）